Angsterhaltende Maßnahmen

Jan Off

Angsterhaltende Maßnahmen
Homestories

ventil

2. Auflage 2008
ISBN: 978-3-931555-84-9
Coverzeichnung: Aaron Herden
Lektorat: Ingo Rüdiger
Layout: Oliver Schmitt
Druck: Fuldaer Verlagsanstalt

Ventil Verlag
Augustinerstraße 18, 55116 Mainz
www.ventil-verlag.de

Inhalt

»Der Knecht singt gern ein Freiheitslied
Des Abends in der Schenke:
Das fördert die Verdauungskraft
Und würzet die Getränke.«

Heinrich Heine, *An einen politischen Dichter*

»Schriftsteller waren schräge Vögel, die ihr Ego wie eine alte Zeitung mit sich herumtrugen & erwarteten, dass jedermann scharf darauf war zu erfahren, was drin stand, auch wenn es Schnee von gestern war.«

Jürgen Ploog, *Undercover*

Für meine Verbündeten
in Schmölln und Markkleeberg

Leichenstarre

Mit einem prasselnden Geräusch ergoss sich die breiige Masse, die der Bezeichnung *California Springrolls* nur noch in Ansätzen gerecht wurde, über die Motorhaube eines silberfarbenen Mercedes SL. Ich war nicht überrascht. Limy hatte seit mehr als zwei Stunden an Wodkagläsern und zusammengerollten Blättchenpappen gehangen wie ein Taucher am Schlauch seiner Sauerstoffflasche. Für ihn offenbar die einzige Art, seiner Umwelt mitzuteilen, wie schlecht seine neue Freundin ihn behandelte. Mir konnte das nur recht sein. Der Laden, den wir zuletzt geentert hatten, war mir schon von unserer ersten Bestellung an zuwider gewesen – zu voll, zu teuer, zu viel Mitte, zu wenig Friedrichshain. Nun würde sich unser Aufbruch nicht länger hinauszögern lassen. Ich musste Limy nach Hause schaffen und konnte dann gepflegt in seiner Küche weiterfeiern. Vielleicht war seine Freundin noch auf.

»Und? Geht's wieder?«, fragte ich, während ich seinen Oberkörper zurück in die Senkrechte zog.

»Hnngnnn«, grunzte Limy.

Ich wedelte eine Droschke heran.

Mit geöffneten Fenstern schafften wir es ohne Zwischenfälle bis in die Rigaer. Aber bereits im Hausflur legte uns Limys Magen noch einmal seine ganz eigene Sicht der Dinge dar. Diesmal traf es einen abgestellten Kinderwagen. Die Treppen hinauf kam ich nicht umhin, mich meinem Gefährten als Stütze anzudienen.

Seine Freundin war tatsächlich noch wach. Gerade als es mir gelungen war, aus Limys gut bestücktem Schlüsselbund den richtigen herauszufischen, öffnete sie unvermittelt die Tür.

»Ah, ihr seid's.« Der Anblick ihres lädierten Gespielen beeinträchtigte ihren gelangweilten Gesichtsausdruck in keinster Weise.

»Hnnochassusaufenda?«, grunzte Limy.

»Am besten wird's wohl sein, ihn gleich ins Bett zu stecken«, versuchte ich zu intervenieren, während ich meinen Zechkumpan durch einen energischen Griff an den Oberarm daran hinderte, vornüber zu fallen.

»Ja, das wird es wohl«, sagte Therese, drehte sich um und verschwand mit legerem Hüftschwung Richtung Küche.

Je länger ich sie kannte, desto mehr Verständnis brachte ich für Limys Vernichtungskrieg gegen die Drangsal eines ungetrübten Bewusstseins auf. Ich lotste ihn in sein Zimmer, nötigte ihn auf die Matratze und zog ihm die Schuhe aus. Dann ging ich einen Eimer suchen.

Als ich in Ermangelung anderer Behältnisse mit dem Katzenklo an seine Schlafstatt zurückkehrte, drang mir bereits lautes Schnarchen entgegen. Ich konnte aus der Rolle des Pflegers zurück in die des Genussmenschen schlüpfen.

Aus der Küche war Gläserklirren, Musik und dröhnendes Gelächter zu vernehmen. Offenbar wurde dort noch dem Alkohol gehuldigt. Umso besser. Da konnte ich mir den Weg zum nächsten Spätkauf sparen.

Tatsächlich empfing mich die Tafel mit einer ganzen Batterie von Flaschen, darunter eine Vielzahl hochprozentigen Inhalts. Die Tischgesellschaft nahm sich dagegen bescheiden aus. Was für eine komplette Drückerkolonne gereicht hätte, war ganz allein einem Duo weiblicher Kehlen vorbehalten. Therese, die, soweit ich das wusste, in Kopenhagen aufgewachsen war, hatte eine dänische Freundin zu Gast.

»Hey, setz dich und schenk dir was ein«, sagte sie.

Zu Limys Freunden war sie ausnehmend liebenswürdig. Manchmal *zu* liebenswürdig, wie ich fand.

Ich nahm Platz und griff mir den Jägermeister.

Während die beiden fortfuhren, sich in ihrer Muttersprache auszutauschen, bekam ich ausreichend Gelegenheit, die Besucherin in Augenschein zu nehmen. Sie war mindestens auffällig zu nennen; hatte das lange, schwarz gefärbte Haar zu einem strengen Pferdeschwanz gebunden; trug eine armfreie, rotweiß karierte Bluse, die den Blick auf eine ganze Anzahl großflächiger Tätowierungen freigab, einen merkwürdig geschnittenen Rock in stechendem Gelb und kniehohe Stiefel mit mörderischen Absätzen. Eine Mischung aus Betty Page und June Carter, dabei aber fleischiger, bedrohlicher. Eine Königin der Markthallen, eine Hinterhofikone, die ohne weiteres für *Turbonegro* den Tourbus hätte fahren können. Es war ihr Lachen, das ich bereits im Flur vernommen hatte.

Nach drei oder vier Gläsern sah ich mich bereits in der Lage, mich in die Unterhaltung einzuschalten, die daraufhin freundlicherweise auf Englisch geführt wurde. Die Damen legten dabei eine geradezu beneidenswerte Sicherheit an den Tag, ich weniger. Aber was ich in der Schule versäumt hatte, machte der Jägermeister wieder wett.

Gegen vier Uhr morgens erhob sich Thereses Freundin plötzlich. Sie hätte da noch eine Verabredung mit einem äußerst fähigen Boy in der *Burger Bar*, erklärte sie, wobei sie sich ein zweideutiges Glucksen nicht verkneifen konnte. Ob jemand Lust hätte, sie zu begleiten? Therese, deren Augen mittlerweile so trübe wirkten wie die Scheiben eines in der Wüste abgestellten Personenkraftwagens, schüttelte müde den Kopf. Und auch ich wollte im ersten Moment eine höfliche Ablehnung formulieren. Denn was außer einem Gefühl ritterlicher Leere konnte schon dabei herumkommen, ein Mädchen zu einer frühmorgendlichen Verabredung mit einem offenbar begnadeten Gigolo zu begleiten?! Dann aber wurde mir, nach einem weiteren Blick auf unsere Gastgeberin, bewusst, dass ich in ein paar Minuten mit hoher Wahrscheinlichkeit gänzlich allein hier würde weitermachen müssen, und danach stand mir mittlerweile überhaupt nicht mehr der Sinn. Also erklärte ich mich einverstanden. Vielleicht konnte ich in der *Burger Bar* ja eine eigene Eroberung tätigen?! In jedem Fall konnte ich dort *in Gesellschaft* weiter trinken.

Im Taxi stellte sich nach ebenso langwierigen wie mühseligen Verhandlungen heraus, dass es sich bei unserem Reiseziel um das *Kaffee Burger* handelte, ein im Normalfall von ganzen Busladungen erlebnishungriger Touristen verunreinigtes Nepplokal übelster Sorte. Aber nachdem ich mich einmal entschieden hatte, den weiteren Fahrplan von fremden Händen schreiben zu lassen, konnte mich diese Nachricht nur noch bedingt erschüttern. Vielmehr hielt ich den Zeitpunkt für gekommen, mich nach dem Namen meiner vorübergehenden Schicksalsgefährtin zu erkundigen. Auf eine gegenseitige Vorstellung war im Rahmen der bisherigen Ausschweifungen verzichtet worden.

»Marie. Marie Reynolds«, sagte sie.

Dass sie mir ihren vollen Namen nannte, kam mir nicht eine Sekunde lang merkwürdig vor. Es schien einfach ein ganz natürlicher Ausdruck ihres ausgeprägten Selbstbewusstseins zu sein.

Im Burger hielt ich es gleich hinter der Tür für geboten, mich von meiner Begleiterin zu verabschieden. Die zu erwartende herzliche Begrüßung zwischen ihr und ihrem Galan wollte ich mir lieber ersparen. Also wünschte ich ihr noch einen freudvollen Aufenthalt und zwängte mich in die erste Lücke, die das Getümmel am Tresen bereithielt. Ich orderte weiteren Jägermeister und Bier, kam bald mit anderen Schwerenötern ins Gespräch und hätte Marie Reynolds wohl zur Gänze vergessen, wenn ich sie nicht, während mich die gestrenge Stimme meiner Blase irgendwann Richtung Toilette trieb, *mutterseelenallein* am anderen Ende der Theke hätte sitzen sehen. Da sich an diesem Status auch nach meiner Rückkehr aus dem Morast, den der Boden der Sanitäranlage zu dieser späten Stunde naturgemäß darstellte, nichts geändert hatte, ließ ich noch eine halbe Zigarettenlänge verstreichen, dann schob ich mich auf den freien Barhocker neben ihr.

»Nicht gekommen, dein Freund?«

»Nein, leider«, sagte sie. »Dabei hatten wir hier vor drei Tagen außerordentlich guten Sex auf der Toilette.«

Während ich noch überlegte, wie auf diese offenherzige Auskunft zu antworten sei, ließ sie bereits ihr Stahlarbeiterlachen ertönen. Dann hob sie ihre Bierflasche und prostete mir zu: »Auf die willigen skandinavischen Mädchen!« Sie lachte erneut.

Und da erst merkte ich, wie das Bild, das sie mir gerade hinter die Pupillen getrieben hatte, meine Eingeweide mit dornenbesetzten Fangarmen malträtierte. Ich sah sie in diesem stinkenden, verkeimten Abort, den ich gerade verlassen hatte, mit hochgeschobenem Rock, die Hände an die schmierigen Kacheln gepresst, während ihr irgendein Dandy, den ich mir nur als windigen Freizeitluden vorzustellen vermochte, mit der Rechten in den Nacken griff. Ich gestand ihr dieses Erlebnis nicht zu, noch weniger allerdings gönnte ich es dem Arschloch, das den zahllosen Kerben in seinem Schwanz vor drei Nächten eine weitere hinzugefügt hatte; eine, die ihren Namen trug. Mit gnadenloser Intensität wurde mir bewusst, dass ich sie für mich haben wollte; ja, ich hatte sie wohl schon haben wollen, als sie mir in Limys Küche das erste Mal das Gesicht zugewandt hatte.

Die Klarheit dieser Erkenntnis zog ein Schleppnetz voller Panik hinter sich her. Ich musste spätestens am nächsten

Abend zurück in Braunschweig sein. Keine Ahnung, wann Marie Reynolds wieder abzureisen gedachte. Wenn ich es also wagen wollte, ihr mehr als ein unverbindliches Gespräch abzutrotzen, dann musste das hier und jetzt geschehen. Ich sah mich um: Der Schankraum hatte sich bereits dramatisch geleert. Viel Zeit blieb nicht mehr. Dennoch versuchte ich, die Dinge so strategisch wie möglich anzugehen.

Ich ließ neues Bier kommen, dann eröffnete ich das Match mit einigen der ebenso klassischen wie banalen Fragen, wie sie in allen Aufreißerrevieren dieser Erde tagtäglich millionenfach gestellt werden. Das besaß nicht nur den Vorteil, dass ich weiterhin mein Sechstklässler-Englisch zur Anwendung bringen konnte, ohne *sofort* wie ein Bauerntölpel zu wirken, es förderte auch ein paar wirklich interessante Informationen zutage. So erfuhr ich, dass Marie Reynolds bereits seit einem guten Monat in der Stadt weilte, ja sogar über eine eigene Wohnung verfügte, die sie gemeinsam mit einem weiteren dänischen Mädchen angemietet hatte, und dass sie noch ein paar Monate zu bleiben gedachte. Das war in gewisser Weise beruhigend, aber nicht beruhigend genug, um den einmal gefassten Plan über Bord zu schmeißen.

Als ich aus den Augenwinkeln gewahr wurde, dass sie ein paar Meter weiter bereits damit begonnen hatten, erste Schnapsleichen Richtung Tür zu schleifen, entschloss ich mich, endlich aufs Gas zu drücken.

»Gib mir 'nen Kuss«, sagte ich so beiläufig wie möglich.

Sie unterbrach ihre Antwort auf meine zuvor gestellte Frage nach ihrem Aufenthalt in Göteborg, wo sie an einer Art Kunstakademie studiert hatte, und lächelte.

»Das geht nicht. Wenn ich dich küsse, könnte ich Lust bekommen, mit dir zu ficken.«

Ja, aber genau darauf hatte mein Ansinnen doch hinauslaufen wollen, wenn auch nicht ganz so schnell vielleicht ...

Ich dachte an die Sumpflandschaft in den Toiletten, dachte an die Nummer, die sie dort mit ihrer Zufallsbekanntschaft geschoben hatte. Ich wollte nicht der nächste sein, den sie sich an diesem freudlosesten aller Orte zur Brust nahm. Ich wollte mich abheben von diesem schalen Kneipenfick, von dem ich besser gar nicht erst erfahren hätte, wollte woandershin, am liebsten in ihre Wohnung, hätte mich zur Not aber auch mit einer Parkbank oder einem schlecht beleuchteten Hausflur zufrieden gegeben. Immerhin hatte der Frühling bereits erste Sprengpatronen ins graue Fleisch der Stadt getrieben. Ich beschloss, einfach einen zweiten Versuch zu starten, sobald wir draußen auf dem Pflaster stünden, schwenkte zurück zu irgendetwas Beiläufigem und beeilte mich, meine Flasche auszutrinken. Dass wir gemeinsam gehen würden, stand für mich vollkommen außer Frage, bis Marie Reynolds plötzlich ihr Mobiltelefon aus der Tasche kramte und einen Blick auf die Zeitanzeige warf.

»Verdammt, ich muss los. Ich muss zum Busbahnhof, Louise abholen. Die kommt in zwanzig Minuten aus Kopenhagen zurück.«

Ich wollte diesen abrupten Programmwechsel nicht fassen.

»Was denn? Jetzt? Also, um diese Uhrzeit?«

»Ja.« Sie sah mich an wie einen Sonderschüler, der nicht begreifen will, dass es bereits dreimal zur Pause geklingelt hat.

»Wer ist denn Louise?«

»Na, das Mädchen, mit dem ich zusammen wohne. Ich hab ihr *versprochen*, dass ich sie abhole. Wir haben nur einen Schlüssel, weißt du.« Sie war schon aufgesprungen, kramte hektisch in ihrem Portemonnaie herum.

»Warte, ich mach das.« Ich zahlte und hastete ihr hinterher.

Ich sah keinen Grund, ihre Aussage anzuzweifeln. Sie gehörte einfach nicht zu der Sorte Mensch, die ohne Not ein halbvolles Bier stehen ließ. Wenn sie mich hätte anlügen wollen, hätte sie damit noch vier oder fünf Schlucke gewartet.

Draußen stellte sich heraus, dass wir ein Stück gemeinsamen Weges vor uns hatten.

Es war bereits taghell, aber kühl. Die Sonne hielt sich hinter einer kompakten Wolkendecke verborgen. Marie fröstelte, aber ich unterließ es, daraus Kapital zu schlagen. Das Spiel war vorbei, der Blinde im schwarzen Trikot hatte abgepfiffen. Vollkommen müßig, weiterhin schwülstige Pläne zu schmieden, während sich das Mädchen neben mir darauf vorbereitete, eine Freundin in Empfang zu nehmen, die sicherlich diverse Neuigkeiten loswerden wollte. Mir selbst stand so gar nicht mehr der Sinn nach Gesprächen. Vielleicht schwiegen wir aber auch nur, weil es um uns herum mit einem Mal so still war.

Erst als wir die Stelle erreichten, an der wir uns verabschieden mussten, fand meine Zunge ihre Beweglichkeit wieder. Die erschreckende Möglichkeit, dass ich Marie Reynolds vielleicht nie wieder begegnen würde, brachte einen derart heftigen Fallout an Verzweiflung mit sich, dass ich jedwede Strategie, jedweden Stolz vergaß.

»Hey, deine Freundin, die wird doch sicher müde sein. Ich meine, wenn die vielleicht gleich ins Bett will, könnten wir doch bei dir noch ...«

»Wir haben nur ein Zimmer.«

Sie sagte das ganz freundlich, in meiner eitlen Vernarrtheit meinte ich gar, ihrem Blick eine Spur Bedauern zu entnehmen. Dennoch sah ich mich gezwungen, die Waffen zu strecken. Jede weitere Intervention wäre beschämend gewesen.

Und dann, während wir uns gegenüberstanden und ich noch nach Sätzen suchte, die mir einen Teil meiner Würde zurückgeben konnten, ohne dabei das letzte Gran Hoffnung zu vernichten, trat sie einen Schritt an mich heran, schlang mir ihre Arme um den Nacken und suchte mit ihren Lippen die meinen. Es war ein Kuss, der für mich alles enthielt: Zärtlichkeit, Trauer, Versprechen. Und als sie sich löste und wortlos zum Gehen wandte, kostete es mich meinen ganzen Willen, sie nicht einfach am Arm zu packen und zum Bleiben zu zwingen.

Ich unterließ es, sie an ihren Satz aus der »Burger Bar« zu erinnern, steckte mir stattdessen eine Kippe an und starrte ihr so lange hinterher, bis ich mir sicher sein konnte, dass sie sich nicht umdrehen würde.

Die Strecke zu Limys Mietskaserne legte ich zurück wie ein Androide, dem ein Mitglied seines Entwicklerteams eine größere Menge Ecstasy verabreicht hatte. Unerklärliche Glücksgefühle suchten mich heim, während ich zwanghaft damit beschäftigt war, jedes noch so kleine Detail der zurückliegenden Nacht meinem Langzeitgedächtnis zu überantworten. Ich würde jetzt unmöglich Schlaf finden können, vielmehr schien es angezeigt, sogleich in den Zug Richtung Heimat zu steigen, in dem ich die nächsten Stunden dann gepflegt damit zubringen konnte, weiteres Bier in mich hineinzuschütten und sehnsüchtig aus dem Fenster zu starren.

Bei Limy angekommen gab ich die perfekte Imitation eines SEK-Kommandos, und tatsächlich gelang es mir, ihn aus dem Koma zu klingeln.

Er sah gebeutelt aus wie ein Galeerensklave im Vorruhestand, bekam die verquollenen Augen kaum auf und kommentierte die Änderung meiner Reisepläne mit einem schlappen: »Bin eh nicht in Stimmung zum Frühstücken.«

Ich schnappte mir meine Tasche und machte mich auf den Weg zum Ostbahnhof.

Als ich Stunden später die letzte Flasche des Tages öffnete, während Udo Lindenbergs »Bitte keine Lovestory« die gesamte Hausgemeinschaft mit Herzschmerz versorgte, stand längst fest, dass ich ein Wiedersehen in die Wege leiten musste. Ein Wunsch, der mich auch in den nächsten Tagen, also im nüchternen Stadium, nicht losließ. Stellte sich nur die Frage, wie dieses Unterfangen zu bewerkstelligen war. Natürlich hätte ich jederzeit erneut nach Berlin fahren und darauf hoffen können, Marie in Limys Wohnung über den Weg zu laufen. Aber für derart vage Erfolgsaussichten waren meine Geldmittel einfach zu begrenzt. Ihre Telefonnummer aufzutreiben, hätte gewiss kein Problem dargestellt. Aber was hätte ich damit anfangen sollen? Mit ihr telefonieren? Auf *Englisch?* Unmöglich! Allein der Gedanke brachte meine Schweißdrüsen zum Kollabieren. Nein, es gab nur eine Möglichkeit: Ich musste mich in Schriftform an meine Beute heranpirschen. Nur so würde es mir gegeben sein, diese Mischung aus Draufgängertum und Distanz zu entfalten, von der ich mir den größtmöglichen Gewinn versprach. Aber was sollte ich schreiben? Welche Begründung konnte ich meinem Ansinnen voranstellen? Während ich noch darüber nachsann, kam mir der Zufall zu Hilfe. In Heidelberg traf ich im Rahmen einer literarischen Nummernrevue auf den Berliner Bootboy und Lesebühnenaktivisten Ahne, und weil wir uns ausnahmsweise wie Menschen benahmen, lud er mich für den Monat darauf zu seiner eigenen Show, der *Reformbühne Heim & Welt*, ein, die – und hier hörte ich nun endgültig die Schicksalsglocke schlagen – regelmäßig im *Kaffee Burger* stattfand.

Perfekter ging es nicht! Ich würde Marie Reynolds dort hinbestellen, auf der Bühne ein Pointenfeuerwerk abbrennen, das den gesamten Saal zum Überkochen brachte, und hernach mit dem Ziel meiner Sehnsucht eine ebenso rauschende wie private Aftershowparty veranstalten!

Ich rief Limy an, um mir ihre Anschrift zu besorgen.

»Warte, da muss ich Therese fragen«, sagte er, nachdem ich ihm mein Anliegen erläutert hatte.

»Therese, hast du Maries Adresse?«

»Ja. Warum?«, hörte ich seine Freundin rufen.

Limy nahm die Frage auf: »Hey, warum brauchst du ihre Adresse?«

»Äh, weil ... also ... als wir letztens unterwegs waren, hat sie mir von ihrer Leidenschaft für Osteuropa erzählt. Und da wollt ich ihr ein paar Fotos schicken.«

»Du willst ihr ein paar Fotos schicken?«

»Ja, ich war doch letztes Jahr in Kiew, und ...«

»Schon gut.«

Nachdem das erledigt war, berichtete ich Limy von meinem geplanten Auftritt.

»Wunderbar. Komm doch schon einen Tag früher, dann können wir noch mal in Ruhe über den Film sprechen.«

»Welchen Film?«

»Na, diese Installation, von der ich dir erzählt habe.«

Ich erinnerte mich wieder. Limy benötigte für eine seiner Videoinstallationen eine Sequenz, in der ein nackter Mitbürger mit Spielführerbinde am Oberarm in einen Pool voller Maden eintauchte. Dass er bei diesem Mitbürger ausgerechnet auf mich verfallen war, hatte, um ihn zu zitieren, einzig und allein mit meinem *slawischen Bauernschädel* zu tun, dessen *natürliche Brutalität* genau das sei, was er suche.

Keine Frage, dass ich ihm den Irrsinn würde ausreden müssen.

»Ja, darüber müssen wir wirklich noch mal sprechen.«

Nachdem wir uns verabschiedet hatten, machte ich mich unter Zuhilfenahme eines englischen Wörterbuchs daran, alles, was mir an schriftstellerischem Vermögen zur Verfügung stand, in eine ebenso charmante wie beiläufige Einladung fließen zu lassen.

Ich rechnete nicht mit einer Antwort – Marie Reynolds war einfach nicht der Typ für Briefwechsel –, dennoch gab ich mir

Mühe, auch den Absender lesbar zu Papier zu bringen. Fotos fügte ich natürlich keine bei, obwohl es durchaus der Wahrheit entsprach, dass sie sich für Osteuropa interessierte.

Als mich zwei Wochen später eine Postkarte aus Übersee erreichte, die unverkennbar ihre Unterschrift trug, gestand ich meinen Fingern das parkinsonartige Zittern minutenlang zu. Sollten sie ihre Nervosität ruhig zeigen, mir selbst ging es ja auch nicht viel besser. Ich legte die Karte ungelesen auf den Küchentisch und schlich einen halben Tag lang um sie herum, bevor mir eine Flasche Wein endlich die Kraft gab, den Text zu studieren.

»Bin gerade in New York, aber zu deinem Auftritt sicher zurück«, lautete die verheißungsvolle Botschaft.

Jesus, sie würde kommen! Würde wegen der Chance, mich wieder zu sehen, ihren New-York-Trip vielleicht früher als geplant beenden! Hey, was machte sie da eigentlich? Unschöne Bilder schoben sich auf meine kopfeigene Leinwand: die pulsierende Metropole in ihrem nächtlichen Lichterglanz, brodelndes Partyleben, exaltierte Menschen, Orgien. Da war es gewiss leicht, sich zu verlieren, eine Verabredung in irgendeine ungenutzte Hirnkammer entwischen zu lassen. Ich begann über die Bedeutung des heimtückischen Wörtchens *sicher* nachzudenken. Klang das nicht eher wie *wahrscheinlich?* War da nicht ein Beigeschmack von *wenn nichts dazwischen kommt* herauszuhören?

Ich ertränkte die Zweifel in einer zweiten Flasche. Nein, sie würde da sein. Ich sah sie bereits vor mir, wie sie der altbackenen Veranstaltung allein durch ihre Anwesenheit zu neuem Glanz verhalf.

Zu diesem Zeitpunkt war ich längst dabei, die beiden Kurzgeschichten, die ich im Burger vorzutragen gedachte, mit einer Intensität zu proben, als wollte ich mich um die Aufnahme an einer Schauspielschule bewerben. Ein Ritual, dessen Frequenz ich von da ab noch einmal steigerte.

Nichtsdestotrotz war ich, als ich mich schließlich auf die Reise machte, angespannt wie eine Dreizehnjährige vor ihrem ersten Schwangerschaftstest. Mit einem Mal erschien mir die Idee, Marie erst eine Kostprobe meiner Entertainerqualitäten zu verabreichen, bevor wir gemeinsam den nächsten Drink nehmen konnten, gar nicht mehr *so* clever. Was, wenn ich versagte? Wenn mir mitten im Text die Stimme wegblieb oder ähnliches? Vielleicht wäre es besser gewesen, sie einfach ins Kino einzuladen, oder ins Restaurant, oder in die Trinkhalle? Na, wenigstens hatte ich noch einen Tag Schonfrist. Heute stand nichts weiter auf dem Stundenplan als ein kurzes Treffen mit einer Journalistin und das Gespräch mit Limy natürlich.

Als ich bei ihm vorstellig wurde, um schon mal mein Gepäck abzustellen, wurde das besinnliche Programm allerdings einer beängstigenden Änderung unterworfen.

»Das mit unserem Film müssen wir vertagen. Ich habe gestern eine Galerie in London an Land gezogen. Wir feiern heute Abend. Marie wird übrigens auch da sein.«

Die Information, dass ich ihr schon heute, schon in ein paar Stunden begegnen würde, brachte mich nicht minder aus der Spur als der Umstand, dass Limy dieses Detail überhaupt erwähnte. Wusste er etwa von der Zuneigung, die ich für die Freundin seiner Freundin empfand? Wahrscheinlich. Der Schwindel mit den Fotos war einfach zu durchschaubar gewesen. Heilige Mutter Gottes, nicht nur, dass ich nun kaum noch Zeit hatte, mich auf das große Ereignis vorzubereiten; nein, ich würde meinen Minnegesang auch noch unter den Augen und Ohren von Mitwissern entfalten müssen. Denn wenn Limy etwas ahnte, dann war auch Therese unterrichtet. Blieb nur die Hoffnung, dass es eine *große* Party wurde.

»Habt ihr viele Leute eingeladen?«

»Nee, wird eher so ’ne überschaubare Runde.«

Ich grimassierte eine Fratze zusammen, die so etwas wie Vorfreude signalisieren sollte. Dann sah ich zu, dass ich in das indische Restaurant kam, in dem ich mit dieser Kulturredakteurin verabredet war. Ich brauchte dringend etwas zu trinken.

Als die Vertreterin einer ehemals linken Tageszeitung auf der Bildfläche erschien, hatte ich bereits den dritten Martini vor mir stehen. Auf ihre Frage, ob ich mich schon für ein Gericht entschieden hätte – das Curry sei hier ja *so was von außergewöhnlich*, antwortete ich, dass ich keinen Hunger hätte. Und den verspürte ich tatsächlich nicht. Mein Magen war bis zum Bersten gefüllt mit einem zähen Eintopf aus Unruhe und Angst. Da konnte sich nur noch Alkohol durchbrennen. Und so ließ ich, während die Redakteurin dem eilfertigen Kellner ihre Sonderwünsche diktierte, einen weiteren Martini kommen.

Bei dem sich nun anschließenden Interview war ich noch nicht mal halb bei der Sache. Im steten Wechsel vernebelten mir Maries verheißungsvolles Lächeln und Limys höhnischer Blick das Bewusstsein. Zwar hatte ich, was die Fragen zu meinem letzten Buch betraf, mittlerweile eine gewisse Routine entwickelt, dennoch musste ich mich von meiner Gesprächspartnerin mehr als einmal ermahnen lassen, doch bitte beim Thema zu bleiben. Erst als sie Anstalten machte, ihr Aufnahmegerät auszuschalten, wurde ich munter. Mit Schrecken befiel mich die Erkenntnis, dass ich, falls sie jetzt gehen würde, ebenfalls dazu verdammt war, mich davonzumachen, und zwar zu Limys Party. Ich aber wollte gar nicht mehr zu Limy; ich wollte bis in alle Ewigkeiten in diesem heimeligen Restaurant verweilen und mich an den feilgebotenen Getränken laben, ja, vielleicht würde ich irgendwann sogar dieses *wirklich außergewöhnliche* Curry versuchen. Schnell brachte ich ein unausgegorenes Romanmanuskript ins Spiel, versuchte es der Kulturarbeiterin als brandheißes, nahezu druckfertiges Projekt zu verkaufen. Eigentlich, sagte sie, hätte sie bereits mehr als genug Material für ihren Artikel, für den im Übrigen auch gar nicht *so viel* Platz vorgesehen wäre, dennoch ließ sie ihr Diktiergerät eingeschaltet.

Ich war mittlerweile bei meinem sechsten Glas angelangt, sie bei ihrem dritten Mangolassi. Als auch das in ihren Flüssigkeitshaushalt übergegangen war, war meine Gnadenfrist endgültig abgelaufen. Sie müsse weiter, sagte sie, sie hätte noch einen Termin mit Jaromir Konecny. Ob ich das Interview noch einmal gegenlesen wolle?

»Nein, nein.« Ich wedelte abwehrend mit den Händen. Die mediale Wiedergabe meiner Aussagen interessierte mich in diesem Moment noch nicht mal am Rande. Ich hatte andere Sorgen. Was zur Hölle sollte ich, wenn ich Marie Reynolds gleich gegenüberstand, bloß sagen ...

Im Taxi gelang es mir, noch einmal ein paar Minuten herauszuschinden, indem ich den Fahrer anwies, einen Umweg zur Tankstelle einzuschlagen. Aus irgendeinem nicht mehr erinnerbaren Grund schien es mir zwingend geboten, nicht ohne Proviant bei Limy einzufliegen. Ich entschied mich für einen Kasten Jever. Vielleicht brauchte ich einfach etwas zum Festhalten.

Als ich meinen Zeigefinger auf die Taste neben Limys Nachnamen setzte, nahm der Aufruhr in meinem Inneren tornadoartige Ausmaße an. Ich hatte sechs Martini und eine halbe Flasche Jever intus, aber von der segensreichen Wirkung, die der Genuss von Alkohol normalerweise zeitigt, war in diesem Augenblick nichts, aber auch gar nichts zu spüren. Ich fühlte mich im Gegenteil stocknüchtern. Demgemäß war es für diese *Dr. Sommer*-Stimme in meinem Kopf ein Leichtes, sich Gehör zu verschaffen. Hämisch teilte sie mir mit, wie dumm es gewesen sei, den Termin mit der Journalistin so in die Länge gezogen, beziehungsweise ihn nicht einfach abgesagt zu haben. Nun würde ich mit hoher Wahrscheinlichkeit als einer der Letzten erscheinen, naturgemäß also die gesamte Aufmerksamkeit auf mich ziehen.

Als der Summer ertönte, hatte ich meine liebe Mühe, den Bierkasten festzuhalten. Die Treppen nahm ich wie ein Reha-Patient.

Oben angekommen, empfingen mich eine geöffnete Tür und die üblichen Geräusche, die entstehen, wenn Menschen sich entschlossen haben, gesellig zu agieren. Ich holte noch einmal Luft, drückte die Schultern durch und trat in die Küche.

Ein Dutzend Gesichter wandte sich mir entgegen. Ich kannte kaum eins davon, aber ihres entdeckte ich sofort. Sie saß auf der anderen Seite des Tisches, das unendlich lange, tiefschwarze Haar wieder zu diesem strengen Pferdeschwanz gebunden, neben sich ein fahles Mädchen in Gothic-Klamotten, wahrscheinlich die Mitbewohnerin.

Ich stellte das Bier ab, begrüßte Limy, begrüßte Therese, nickte einem Typen zu, den ich schon mal gesehen zu haben glaubte, und ließ mich auf den einzigen noch freien Stuhl fallen. Marie Reynolds saß mir direkt gegenüber, saß einfach da und strahlte Rock-'n'-Roll-Glamour ab. Und während ich die Ungeheuerlichkeit ihrer Existenz noch zu verarbeiten versuchte, fiel mir endlich ein, was ich ihr sagen konnte: nichts! Ich konnte *gar nichts* sagen. Ich konnte sie noch nicht einmal ansehen. Und so tat ich alles, was mir half, ihren Blick zu meiden – ein Päckchen Kippen hervorkramen, eine Kippe anzünden, einen Aschenbecher zu mir herüberziehen, ein Bier öffnen –, bis sich mir die erste Gelegenheit bot, mich in ein Gespräch einzuklinken, das zu meiner Rechten geführt wurde.

Ich weiß nicht mehr, worüber da geredet wurde. Das Thema war nebensächlich. Ich hätte mich auch zur Beutelrattenaufzucht, zum Ausbildungswesen der Deutschen Post oder zu den Rezepten in der letzten *Brigitte* geäußert, wenn es nötig gewesen wäre. Hauptsache, ich hatte etwas, das mich davor bewahrte, mit der Herrscherin über meine Adrenalinproduktion in Kontakt treten zu müssen. Dennoch verstrich keine Sekunde, in der ich mir ihrer Gegenwart nicht bewusst war. Und so gab ich alles, was ich hatte, warf mit Pointen und Bonmots um mich wie ein Marktschreier, der auch die letzten zwanzig Kilo Apfelkrautsalami noch an den Mann bringen will. Dass Marie keinen einzigen meiner Sätze verstehen konnte, war dabei vollkommen nebensächlich. (Wie häufig in größeren Runden wurde auch hier auf die Anwesenheit von ausländischen Gästen wenig Rücksicht genommen; also vornehmlich Deutsch gesprochen.) Es ging mir einzig und allein um die Pose. Ich wollte den Partyhengst, den gewitzten Salonlöwen geben, und je weiter der Abend voranschritt, desto schwerer wurde es, aus dieser Nummer wieder herauszukommen. Marie Reynolds war derweil dazu verdammt, sich ausschließlich mit ihrer Begleiterin zu unterhalten. Ein Außenstehender hätte noch nicht einmal ansatzweise erkennen können, dass wir uns jemals zuvor begegnet waren. Eine Situation, die von Minute zu Minute bizarrer anmutete, ja bald unerträglich wurde. Anderthalb Stunden mochten ins Land gegangen sein, als ich mich endlich dazu durchringen konnte, mich dem Lauf der Dinge entgegenzustemmen. Scham hin, Angst her: Ich *musste* das Wort an sie richten. Fieberhaft begann ich mein Gedächtnis zu durchleuchten. Verdammt, hatte sie mir im Burger nicht erzählt, dass sie ein *Peaches*-Konzert besuchen wollte? Na also, das war es doch. Ich lehnte mich über den Tisch.

»Hey, wie war's bei Peaches?«

Sie sah mich verdutzt an.

»Äh, eher mäßig.«

Ich wandte mich wieder meinem Nachbarn zu.

Hätte Limy nicht ein paar Minuten später den Vorschlag gemacht, geschlossen in diesen Club zu gehen, der unlängst in seiner Nachbarschaft eröffnet hatte, ich wäre vor Pein ob meines Versagens ganz sicher einem Blutsturz erlegen. So aber keimte noch einmal Hoffnung auf, sah ich augenblicklich meine Chance zur Rehabilitation gekommen. Im Schutz der Dunkelheit würde es ein Leichtes sein, sich ihr zu nähern. Entschlossen wartete ich auf die entscheidende Lücke. Aber im Treppenhaus war es zu eng beziehungsweise zu voll, auf dem Trottoir hielt sich Marie eisern an der Seite ihrer Mitbewohnerin.

Egal, im Club würde sich schon eine Gelegenheit ergeben. Ich ging erst mal pissen, reihte mich danach in die Schlange vor der Bar, um mir eine letzte Stärkung verabreichen zu lassen. Und plötzlich stand sie neben mir.

»Sag mal, was sollte das? Wie kommst du dazu, in drei Stunden gerade mal einen Satz mit mir zu wechseln?«

Ich war dermaßen perplex von der Direktheit dieser Eröffnung, dass ich gar nicht erst versuchte, mich dumm zu stellen. Stattdessen fuhr ich erbärmliche Ausreden auf, führte meine schlechten Englischkenntnisse ins Feld und verwies darauf, dass doch *alle* Deutsch gesprochen hätten.

Marie sah mich verächtlich an.

»Hör zu, egal was du sagst, du hast dich wie das letzte Arschloch benommen. Aber ich brauch dich für ein Projekt, muss ein paar Sachen mit der Videokamera aufnehmen. Hast du morgen Zeit?«

»Äh, ja ... Ja, *klar*.«

»Okay. Vierzehn Uhr bei mir. Die Adresse hast du ja.«

Ich überlegte noch, ob es statthaft wäre, ein paar Einzelheiten zu erfragen. Aber da hatte sie mir bereits den Rücken zugekehrt und bahnte sich den Weg Richtung Tanzfläche.

Himmel, schon wieder ein Videoprojekt! Dieses allerdings

füllte mein klammes Herz mit Freude. Egal, was Marie Reynolds vorhatte, ich würde ihr willfähriger Handlanger sein, ich würde alles geben; und wenn sie mich in ein Bassin voller Selbstschussanlagen springen ließ: Diese unverhoffte Gelegenheit, meine Reputation wiederherzustellen, würde ich nicht versauen! Aber vielleicht ging ja vorher schon was ...

Von neuer Zuversicht erfüllt, kämpfte ich mich ebenfalls zur Tanzfläche vor. Dort traf ich Limy, der am Rand der zuckenden Meute an einem Stützpfeiler lehnte; in der Linken ein leeres Glas, in das er missmutig hineinstierte. Als er mich bemerkte, riss er mir mein Bier aus der Hand und setzte es sich wie ein Verdurstender an die Lippen.

Ich hatte in den letzten Minuten zu viel Lebensfreude zurückgewonnen, um mich an seinem Verhalten zu stören, beließ es bei einer eher mitleidigen Bemerkung: »Lass mich raten: Stress mit Therese?«

Limy gab ein wütendes Schnauben von sich und zeigte dann wortlos in die Menge. Ich brauchte einen Augenblick, um den Anlass seiner Trübsal zu entdecken. Tatsächlich war es einmal mehr seine Gespielin, die ihm die Laune ins Kellergeschoss trieb. Diesmal war allerdings auch ein Mädchen beteiligt, für das *ich* eine gewisse Verantwortung empfand. Sie trug ihr langes, schwarzes Haar zu einem straffen Pferdeschwanz gebunden und war mit Limys Freundin in eine Art Engtanz verstrickt, der auf der Reeperbahn wahrscheinlich als *brandheiße Lesbo-Show* verkauft worden wäre. Ich sah den beiden eine Weile zu, vermochte es aber beim besten Willen nicht, Limys Verärgerung nachzuempfinden. Wie sie sich da gegenseitig über die Flanken strichen und mit ihren Zungen jeweils im Mund der anderen herumfuhrwerkten, das war doch eher anregend. Ich fühlte mich verpflichtet, das harmlose Treiben zu verteidigen.

»Mein Gott, sie tanzen doch nur. Junge Dinger eben.«

»Ja, ja, nur dass die beiden die Nummer in letzter Zeit ständig abziehen. Herrgott, manchmal glaube ich fast, sie meinen's ernst.«

»Entspann dich mal.«

»Wart's ab, wenn du siehst, wie es weitergeht. Normalerweise finden sie kein Ende.«

Ich hielt diese Bemerkung zuerst für eine von Limys gewohnt düsteren Übertreibungen. Tatsächlich aber entwickelte sich das, was ich anfangs als provokante Einlage verstanden hatte, bald zum nervtötenden Fummelmarathon mit erhöhtem Schweißausstoß bei allen Beteiligten. Egal, was für einen Sound der DJ darbot, egal, ob der Rhythmus treibend oder schleppend daherkam: Marie und Therese blieben ineinander verzahnt wie Prostitution und Glücksspiel. Wenn sie die Vorführung doch mal unterbrachen, um eine kurze Getränkepause oder einen Toilettenstopp einzulegen, wurden Limy und ich wortlos übersehen.

Es dauerte keine Stunde, bis ich anfing, dieses Verhalten ebenfalls persönlich zu nehmen.

»Verdammt, sie finden *wirklich* kein Ende.«

»Ich hab's dir gesagt.«

»Ja, und ... wie reagierst du normalerweise auf den Scheiß?«

»Normalerweise hau ich ab, sauf mir irgendwo einen an und versuche, in Scherereien zu geraten.«

Das schien mir ein akkurater Plan zu sein und ich wollte Limy gerade den Vorschlag unterbreiten, doch genau so vorzugehen – und zwar *umgehend* –, als sich eine Lockenmähne in mein Sichtfeld schob, die meiner Zunge Einhalt gebot. War das nicht die Nixe, mit der ich bereits auf Limys Party das ein oder andere Scherzwort ausgetauscht hatte? Natürlich war sie das! Vielleicht gab es ja noch eine andere Möglichkeit, der dänischen Allianz aus Ignoranz und Herablassung die Stirn zu bieten ...

Ich rammte mir ein Sascha-Hehn-Lächeln ins Antlitz, und als sie vor uns stehen blieb, um Limy mit Belanglosigkeiten einzudecken, mischte ich mich ungefragt ins Gespräch. Ich gab mir alle Mühe, eloquent zu wirken, versuchte, meiner hirneigenen Festplatte selbst beim größten Unsinn noch eine geistreiche Bemerkung abzupressen. Und wie es schien, nicht ohne Erfolg. Immerhin durfte ich diesmal ja auch auf Deutsch und vor allen Dingen ohne Herzensbindung agieren. Anita, so hieß das Mädchen, das ich für meinen kleinlichen Racheplan einzuspannen gedachte, begann jedenfalls alsbald lauter und vor allem unechter zu kichern, und als ich sie schließlich an die Bar einlud, war ihre Antwort nur noch Formsache.

Ich ließ mich nicht lumpen, bestellte einen Cocktail nach dem anderen und schäkerte herum, als ob ich an der Gunter-Sachs-Gedächtnis-Akademie für Bettsport gerade mein Vordiplom absolvieren würde. Eine halbe Stunde mochte so vergangen sein, als es die Ausdauertänzerinnen, wie erhofft, noch einmal zur Tränke trieb. Sie fanden sich keine zwei Meter neben uns ein, bildeten die dritte Reihe eines größeren Pulks, den es in eben diesem Augenblick ebenfalls nach Flüssigem verlangte. Ich wartete, bis ich ganz sicher sein konnte, dass zumindest Marie mich bemerkt hatte, dann legte ich Anita einen Arm um die Schultern und brachte meine Lippen so nah als möglich an ihre Ohrmuschel heran. Jetzt war himmlischer Beistand gefragt!

»Lass uns zu dir fahren ...«

Sie sah mich an – eine Mischung aus Amüsiertheit und gespielter Überraschung im Blick –, und ich war schon versucht zu glauben, dass ich es mit dem Timing versaut, dass ich also meine Attacke zu früh geritten hätte, aber dann leerte sie ihr Glas in einem Zug und glitt vom Barhocker. Als wir an Marie vorbeikamen, versäumte ich es nicht, ihr ein lässiges *bis morgen dann* zukommen zu lassen. Gunter Sachs wäre stolz auf mich gewesen.

Nachdem wir den Club verlassen hatten, bestand eigentlich keine Notwendigkeit mehr, mich weiterhin in Anitas Nähe aufzuhalten. Aber ich wollte nicht unhöflich wirken, außerdem besaß ich für Limys Buchte keinen Schlüssel, war also bis auf weiteres ohne Obdach. Und so ließ ich mich von meiner neuen Bekanntschaft anstandslos auf die Rückbank eines Taxis lotsen. Dem anstehenden Austausch von Körpersäften gedachte ich mittels des großzügigen Einsatzes von Spirituosen zu entkommen.

»Halten Sie doch vorher bitte noch kurz an einer Tankstelle«, wies ich den Fahrer an, nachdem ihm Anita ihre Adresse genannt hatte.

Am Nachtschalter gab ich meiner Spendierhose den Todesstoß, erwarb einen halben Liter Gin, zwei Flaschen Tonic und als Schmiermittel drei Sechserträger Bier.

Dass ich damit nicht am falschen Ende gespart hatte, deutete sich bereits an, nachdem wir in Anitas Küche die ersten Gläser geleert hatten. Meine Gastgeberin erwies sich trinkfester als erwartet, zeigte auch bei erhöhter Drehzahl keinerlei Ausfallerscheinung. Und so brauchte es fast unseren gesamten Vorrat, bis ich mich in den frühen Morgenstunden endlich getraute, auf ein gefahrvolles, aber notwendiges Thema zu sprechen zu kommen.

»Sag mal, hast du was dagegen, wenn ich bei dir übernachte?«

Ich wusste, dass ich mit dieser Frage meine vorteilhafte Position aufgab. Hier am Küchentisch, an den ich uns gleich nach unserer Ankunft mit viel Geschick und Überredungskunst gelotst hatte, war ich in relativer Sicherheit. Mittlerweile aber war ich dermaßen hinüber, dass ich jedwede Vorsicht fahren ließ, ja fahren lassen musste. Dem Zermürbungskrieg, den ich im Irrglauben vermeintlicher Überlegenheit entfesselt hatte, war ich letztendlich selbst zum Opfer gefallen.

In Anitas glasige Augen trat ein Funkeln.

»Hey, du glaubst doch nicht, dass ich dich jetzt noch weglasse. Komm, wir geh'n rüber.«

Sie nahm mich bei der Hand und zog mich sanft hinter sich her ins Schlafzimmer. Dort begann sie sich augenblicklich zu entkleiden. Mir war mittlerweile alles egal. Kurz zerriss Maries durchdringendes Lachen den Schlick in meinem Schädel, dann war da nur noch das Bedürfnis, mich auszustrecken und die Augen zu schließen. Ich ließ mich rücklings aufs Bett fallen, und als ich spürte, dass Anitas Finger ungeschickt am Verschluss meiner Hose herumzufingern begannen, löste das keinen Alarm mehr aus. Mein Kopf war ein aufgeplatzter Schwimmflügel im Kielwasser eines Ozeanriesen, darin ein einziger Gedanke: Nur diese Hürde noch, nur diese *eine* Hürde noch, dann würde ich endlich schlafen können!

Um die Dinge zu beschleunigen, ging ich meiner Gastgeberin zur Hand, half ihr mit der Hose und den restlichen Klamotten, während sie bereits nach meinem Schwanz grabschte und den Kampf gegen das so reichlich konsumierte Nervengift begann. Zu meiner Überraschung verzeichnete ihr Tun sogar Erfolg, soll heißen: Der Schwellkörper reagierte mit Blutaufnahme und motiviertem Zucken. Ein Umstand, der es mir erheblich erleichterte, den für das weitere Programm unverzichtbaren Enthusiasmus zu entwickeln. Wir taten, was getan werden musste: leckten, lutschten, bissen uns und griffen zu. Ich wartete nur noch auf den perfekten Zeitpunkt, um mich auf sie zu schieben, ja fühlte ihn, während meine feuchten Finger ihr gleichzeitig den Kitzler und den Anus massierten, bereits herannahen, als ich ein Geräusch vernahm, das mich jäh innehalten ließ. Was zur Hölle war das? Wo kam es her, dieses röchelnde Gurgeln? Ich hob den Blick und bekam die Antwort auf meine Fragen prompt geliefert. Es waren Anitas halb geöffnete Lippen, aus der dieses rhythmische Schnorcheln entwich. Sollte sie tatsächlich ...? Ich stieß ihr den Zeigefinger ein Stück tiefer in den Hintern. Sie regte sich nicht. Sie war tatsächlich eingeschlafen. Mein Schwanz erschlaffte umgehend, und so war es ein Leichtes, mich auf die Seite zu drehen und die Nachttischlampe zu löschen. Das Letzte, was ich vernahm, war ein ausgewiesenes Schnarchen.

Das Telefon schien endlos zu klingeln, aber irgendein guter Onkel aus den Weiten meines Unterbewusstseins erlaubte sich den Hinweis, dass ich hier nicht zu Hause wäre, der Anruf also unmöglich für mich sein konnte. Und so verharrte ich reglos in der Hoffnung, noch einmal in den Schlaf zurückzufinden. Denn wie sonst sollte ich diesen barbarischen Kopfschmerz unter Kontrolle halten, der da schon auf der Lauer lag, bereit, mir bei der kleinsten Bewegung bis ins Rückgrat zu fahren?!

Endlich brach das Läuten ab, aber die Ruhe währte nur eine Sekunde.

»Hey, wach auf! Ist für dich«, röhrte eine weibliche Stimme.

Ich kniff die Augen ein Stück fester zusammen, wurde aber gleich darauf gezwungen, sie aufzureißen, da mir abrupt die Decke vom Körper gezogen wurde.

»Für mich? Verdammt, wer soll'n das sein?«

Statt einer Antwort reichte mir Anita ihr tragbares Telefon.

»Ja?«, krächzte ich.

»Hey, wir hatten eine Verabredung!« Eine englische Stimme mit einem mir wohlbekannten Akzent. Marie. Natürlich. Gottverdammte Scheiße! Wo hatte die bloß diese Nummer her?

»Woher hast äh, wie spät ist es denn?«

»Kurz nach sechs. Um zwei wolltest du herkommen ...«

»Scheiße, tut mir leid. Bin grad erst aufgewacht ... Hey, lass es uns auf morgen verschieben. Selbe Zeit, bei dir.«

Schweigen auf der anderen Seite. Für meinen Kopfschmerz eine gute Gelegenheit, die erste Angriffswelle zu reiten.

»Komm, sei nicht sauer. Ich hab tierisch gesoffen. Morgen, okay?«

»Okay, morgen. Wir seh'n uns ja gleich noch.«

Froh, ihrem gerechtem Zorn fürs Erste entkommen zu sein, legte ich das Telefon auf den Nachttisch. Dann erst wurde mir Maries letzter Satz bewusst. Wir würden uns gleich noch sehen? Ja, aber wo denn? War etwa schon die nächste Party geplant? Falls ja, würde sie ohne mich auskommen müssen. Ich fühlte mich eindeutig *unpässlich*.

Ich schlüpfte in meine Klamotten, dann schlurfte ich in die Küche, um zu gucken, ob sich noch ein übrig gebliebenes Bier finden ließ.

»Kaffee?«, empfing mich Anita.

Ich wollte schon zustimmen, als meiner Kehle ein entsetztes Stöhnen entfuhr. *Kaffee* – das war das Stichwort. Plötzlich wusste ich, wo ich Marie Reynolds heute noch begegnen würde. Ich hatte eine Lesung! Eine Lesung im *Kaffee Burger*! Jesses, wie hatte mir das bloß entfallen können?!

Hysterisch brüllte ich Anita an: »Scheiße, ich hab gleich 'nen Auftritt! Um sieben muss ich da sein!«

Sie blieb angenehm ruhig.

»Ja, du hast das gestern Nacht kurz erwähnt.«

Hatte ich das? Ich konnte mich nicht erinnern.

»Na und jetzt?«

»Jetzt ruf ich uns ein Taxi. Und dann schippern wir da ganz gepflegt hin. Mach dir keine Sorgen, wir kommen pünktlich.«

Dass sie mich begleiten wollte, erschien mir in diesem Moment ganz natürlich. Immerhin hatten wir keine zwölf Stunden zuvor unsere Geschlechtsorgane jeweils vom Speichel des anderen benetzen lassen. Außerdem konnte ich jeden Beistand gebrauchen. In meiner desolaten Verfassung erschien mir selbst eine so einfache Verrichtung wie Taxifahren undurchführbar, gar nicht zu reden von dem, was mich im Burger erwartete.

Allein die Vorstellung von der anstehenden Kontaktaufnahme mit meinen Gastgebern versetzte mich in Angst und Schrecken; das Händeschütteln, die neckischen Begrüßungsscherze – am liebsten hätte ich einen Schlaganfall vorgetäuscht. Stattdessen versuchte ich während der quälend langen Fahrt, meinen Brechreiz im Zaum zu halten. Ich hatte den scheiß Gig zugesagt, ich hatte Limy und ein paar weiteren Freunden Bescheid gegeben, *vor allem* aber hatte ich Marie Reynolds eingeladen. Ein Rückzug war gänzlich unmöglich. Ich würde die Chose durchstehen müssen.

Tatsächlich erreichten wir das Burger sogar zehn Minuten zu früh. Ich lotste uns mit einem gemurmelten *musshiergleichlesen* an der Kasse vorbei, wählte einen Tisch in der hintersten Ecke und bat Anita, mir ein großes Bier zu besorgen. Dankbarerweise war noch kein Publikum eingelassen worden. Das ließ Raum für ein wenig Erholung, zumal Anita sich mit den Worten empfahl, irgendwo einen Döner essen zu wollen. Ob sie mir einen mitbringen solle?

»Nein! Ganz entschieden nein!«

Ihre geradezu olympische Konstitution bewundernd, sah ich ihr nach. Dann begann ich meinem geschundenen Körper winzige Mengen Gerstensaft zu überantworten. Zu meinem Entzücken ließ sich mein Magen auf diesen Handel ein.

Kurz nach sieben stellten sich dann die werten Kollegen ein: Ahne, Jakob Hein, Falko Hennig und andere alt gediente Lesebühnenknechte. Normalerweise hätte ich die Gunst der Stunde für ein bisschen Erfahrungsaustausch und Geschwafel genutzt, diesmal beließ ich es bei einem kurzen Händeschütteln.

»Also, während der Show sitzen wir alle da an dem großen Tisch vor der Bühne«, sagte Jakob Hein, nachdem er mir den Ablauf des Abends erläutert hatte. »Am besten, du kommst gleich mit rüber.«

»Ja ja«, sagte ich, machte aber keinerlei Anstalten aufzustehen. Ich würde mich hüten, mich direkt vor der Bühne zu platzieren. Vielmehr würde ich hübsch hier im Dunkeln bleiben und meine Leiden pflegen – zumindest so lange, bis sie mich aufriefen.

»Weißt du schon, was du lesen wirst?«, fragte Jakob.

»Keine Ahnung«, antwortete ich wahrheitsgemäß. »Wahrscheinlich werde ich ihnen ein bisschen was vorkotzen und dann versuchen, aus meinem Mageninhalt die Zukunft zu deuten.«

Ich lächelte schwächlich. Dann fiel mir etwas ein. Meine Texte! Heilige Scheiße, meine Texte steckten noch in meiner Reisetasche, und die lagerte bei Limy! Ich musste ihn anrufen, aber ich hatte seine Nummer nicht dabei. Da traf es sich, dass Anita zurückkehrte.

»Hast du ein Handy?«

»Ja.« Sie wischte sich einen Tropfen Soße aus dem Mundwinkel.

»Und ist da zufällig Limys Nummer gespeichert?«

»Ja.«

»Such die bitte mal für mich, ich muss was Dringendes klären.«

Limy war zum Glück noch nicht aufgebrochen.

»Nein, wir sitzen hier und leeren die Reste von gestern.« Er klang recht aufgekratzt. »Kannst dich freuen, Alter, wir sind zu acht. Und so wie es aussieht, werden wir bei deiner kleinen Predigt ordentlich Lärm machen.«

Auch das noch!

Ich erklärte ihm kurz, was ich brauchte.

»Kein Problem, ich werd dran denken. Ich hoffe nur, dass wir hier nicht versacken.«

»Limy!«

»War nur Spaß. Deine Flamme ist übrigens auch schon hier. Hast du ihren Guten-Morgen-Gruß einigermaßen überstanden?«

»Dann warst du das also, der ...«

»Nein, Therese war so frei«, sagte er, womit auch das geklärt war.

Ich hatte mein Bier unterdessen geleert, sah mich aber immer noch außerstande, die Strecke bis zur Theke zu bewältigen. Nur gut, dass ich Anita dabei hatte.

Während ich dem Nachschub, den sie mir brachte, mit der bewährten senilen Methode zu Leibe rückte, begann sich das Lokal nach und nach zu füllen. Ich hatte natürlich nicht erwartet, dass zu dieser mittlerweile selbst vom *Spiegel* gehypten Hochkaräter-Parade *niemand* erscheinen würde. Aber insgeheim hatte ich doch gehofft, dass vielleicht ein schweres Unwetter, ein Bombenangriff, ein WM-Finale mit deutscher Beteiligung ...

Ich studierte die erwartungsfrohen Gesichter. Heiland Sack, all diesen literaturverwöhnten Intelligenzbolzen würde ich gleich etwas vorlesen müssen! Ich hatte schon Schwierigkeiten, mir die Kippen an der richtigen Seite anzuzünden. Ich stand kurz davor, nach Anitas Hand zu greifen, als sich plötzlich eine Gestalt auf uns zuschob, die allumfassende Erlösung versprach: Rolf Hagekamp, seines Zeichens Filmemacher und Poetry-Slam-Aktivist. Ein Mann, der dafür bekannt war, stets ein paar der heilsamen Gaben aus dem bolivianischen Ackerbau mit sich zu führen.

Ich ließ ihm keine Zeit für eine Begrüßung.

»Hast du was dabei?«

Er musterte mich, deutliche Skepsis im Blick.

»Musst du nicht gleich auftreten?«

»Aber genau darum geht's ja.« Ich gewährte ihm einen Blick in meine toten Pupillen.

»Hm, bin ziemlich knapp, aber 'n bisschen *Speed* könnt ich dir geben.«

»Wunderbar.« Ich hätte mich auch über PCP oder Strychnin gefreut. Ich musste zu Kräften kommen, körperlich wie mental. Auf welche Art spielte dabei keine Rolle.

Ich schob mir das weiße Briefchen in die Hosentasche, mobilisierte die letzten Energiereserven und schleppte mich in eine Kabine der Herrentoilette. Kurz dachte ich an Marie, an das, was sie an diesem verfluchten Ort erlebt hatte, dann streute ich zwei opulente Linien auf den Klodeckel.

Ein paar Minuten später konnte ich das Bier bereits in größeren Schlucken aufnehmen, und auch mein Sprachvermögen war zurückgekehrt. Ich plauderte mit Hagekamp gerade über sein neues Anglerhütchen, als Limy mit den Texten auftauchte. Er hatte einige Mühe, sich zu uns vorzukämpfen, mittlerweile war der Laden voll wie eine finnische Dorfsauna am Sonntagabend.

»Wo sind die anderen?«, fragte ich ihn.

Er zeigte Richtung Eingang.

»Alle vorn an der Theke geblieben.«

Ich spähte in die angegebene Richtung und meinte Maries Hinterkopf zu entdecken. Ein Bild, das nur noch einen *kurzen* Angstschub auslöste. Dennoch erschien es mir geboten, noch einmal nachzuladen. Ich war noch nicht *wirklich* in Form! Um die gesamte Palette meiner Entertainerqualitäten zum Leuchten zu bringen, bedurfte es weiterer Medikation.

Ich zeigte Limy, was ich da in der Hosentasche beherbergte, und ein paar Augenblicke später knieten wir zu zweit vor dem Keramik-Altar.

Zurück im Schankraum empfing uns tosender Applaus, gefolgt von Jakob Heins Stimme, die den ersten Text des Abends abspulte. Ich hatte Mühe, dem Dargebotenen zu folgen, da mir unablässig Sätze durch den Kopf gingen, die dringend meiner direkten Umwelt, also Limy oder Hagekamp, mitgeteilt werden wollten. Ein Drang, den ich nur im Zaum halten konnte, indem ich ohne Unterlass an meinem Bier nippte. Ich hatte vergessen, wann ich an der Reihe war, wusste nur noch, dass mein Auftritt kurz vor der Pause erfolgen sollte. Ein Moment, der sich von Minute zu Minute weiter zu entfernen schien. Zwar ließen aufeinanderfolgende Stimmen erkennen, dass das Programm voranschritt, aber mein Name wollte und wollte nicht fallen.

Als der Conferencier endlich um Applaus für einen verdienten Gast aus dem (ha, ha!) *ehemaligen Zonenrandgebiet* bat, musste mir Limy zweimal in die Rippen boxen, bevor ich mich aus dem Stuhl schraubte.

Ich stakste auf die Bühne, hatte plötzlich doch wieder jede Meng Gelee in den Beinen und eine leichte Sehschwäche zu verzeichnen. Dennoch fühlte ich mich den beiden Geschichten, die ich gleich vorzutragen gedachte, mehr als gewachsen. Ich kannte sie beinahe auswendig, hatte sie oft genug zum Besten gegeben und wusste, dass sie in diesem Rahmen funktionieren würden. Demgemäß begann ich recht selbstsicher, merkte aber noch während des ersten Absatzes, dass etwas Entscheidendes nicht stimmte. Ich war zu schnell, ich war viel zu schnell. Ich bekam die Silben nicht unter Kontrolle, ja verschluckte ganze Satzteile. Ich versuchte aufs Bremspedal zu treten, aber da war kein Bremspedal. Im Gegenteil: Umso klarer und deutlicher ich zu sprechen versuchte, desto weniger gelang es mir, die Worte einzufangen. Während ich dergestalt mit meiner galoppierenden Zunge rang, spähte ich immer mal wieder ins Publikum. Die Leute amüsierten sich offenkundig. Ob sie sich allerdings über den *Inhalt* der Geschichte amüsierten, schien fraglich. Zum Glück bekam wenigstens Marie Reynolds nicht allzu viel mit von dem Debakel. Mehr als einmal gelang mir die Beobachtung, dass sie sich angeregt mit

Therese unterhielt. Nachdem ich Text Numero eins endlich zu Schanden geritten hatte, wartete ich den Applaus gar nicht erst ab (zu groß erschien mir die Gefahr, dass er ausbleiben oder wie Hohngelächter klingen würde) und machte mich umgehend an seinen Nachfolger, der mir beinahe noch schlechter gelang.

Als ich schließlich von der Bühne schwanken durfte, war ich schweißgebadet.

Limy empfing mich mit einem breiten Grinsen.

»'n bisschen schnell heute ...«

Ich stand kurz davor, in Tränen auszubrechen, und wäre es sicher auch, wenn Rolf Hagekamp sich nicht von seiner mildtätigen Seite gezeigt hätte.

»Kommt mit, ich geb einen aus!«

Also wieder aufs Klo, diesmal zu dritt. Danach zurück ins schützende Dunkel unseres Ecktisches. Nachdem Limy sich anerboten hatte, unseren Biernachschub zu sichern, fiel mir auf, dass Anita verschwunden war. Gut so, ich hatte ohnehin nicht vor, mit jemandem, der diesem Debakel beigewohnt hatte, noch ein Wort zu wechseln – Limy und Hagekamp mal ausgenommen. Vielmehr würde ich hier ausharren, bis auch der letzte Besucher gegangen war.

Was hatte ich mir von diesem Abend nicht alles ersehnt! Ungezählte Male hatte ich bereits vor Augen gehabt, wie Marie Reynolds und ich auf den Schwingen meines Erfolges gemeinsam durch eine sündhafte Nacht segelten. Jetzt konnte ich nur darum beten, dass auch sie alsbald weiterzog, ohne vorher noch einmal Kontakt zu mir aufzunehmen. Was mir blieb, war die Hoffnung auf den morgigen Tag, auf unsere Verabredung. Wir beide allein in ihrer Wohnung, das hieß nichts weniger als ein neu gemischtes Blatt, die ultimative Gelegenheit, die Reihe meiner in ihrer Gegenwart erlittenen Niederlagen endlich in einen Triumph zu verwandeln. Vorher aber galt es noch, die letzte, die schlimmste dieser Niederlagen ins Reich des Vergessens zu verbannen. Ich ließ den Rest der Show an mir vorübergleiten, wartete bis sich die Reihen danach deutlich gelichtet hatten und wandte mich dann an meine Tischnachbarn.

»Ich bestehe darauf, umgehend einen Zug durch die übelsten Kaschemmen zu unternehmen, die diese Stadt zu bieten hat.«

»Sehr gerne, ich bräuchte ohnehin mal wieder Stoff für neue Texte«, lautete Hagekamps Antwort.

Limy wollte erst noch mit Therese reden.

Als er zurückkam, zeigte seine Miene alle Anzeichen eines, wenn auch grimmigen, Einverständnisses.

»Nicht zu fassen, die anderen sind schon weg.«

»Marie auch?«

»Falls du die lesbische Tanzpartnerin meiner bescheuerten Freundin meinst? Die auch!«

Umso besser. Wir trabten zum Ausgang, wo es Jakob Hein noch gelang, mir meinen Anteil an den Einnahmen in die Hand zu drücken. Siebzig Euro; drei Euro fuffzich für jede Minute meiner närrischen Selbstentblößung – mehr hätte mir auch nicht zugestanden.

Was folgte, war eine ausgedehnte Tour durch Neuköllner Eckkneipen, deren Stammpublikum sich seit dem Mauerfall nicht mehr verändert hatte, durch halblegale türkische Teestuben mit temporärem Glücksspielbetrieb und fahle, überteuerte Technotempel. Wir verweilten nirgends länger, blieben meist auf nicht mehr als einen Drink und einen gemeinsamen Besuch der Herrentoilette. Und dann brandete irgendwann der beginnende Morgen in unsere zerknitterten Gesichter, und obwohl wir alle bis unter die Haarspitzen zugedröhnt waren mit diesem billigen Amphetamin aus Hagekamps Handgepäck, war klar, dass ein Fortsetzen unserer Expedition nervlich einfach nicht mehr zu verkraften gewesen wäre.

»Okay, ich muss dann mal. Heute Abend spielt TeBe«, gurgelte Hagekamp und zitierte, ohne unsere Reaktion abzuwarten, ein Taxi herbei.

Limy und ich sahen uns an.

»Und? Nach Hause?«

»Nach Hause!«

Wir nahmen ebenfalls eine Droschke; ein Unterfangen, für das ich mit einer bösen Entdeckung bezahlen musste. Denn da neben dem Taxameter, war das nicht die Zeitanzeige? Ja, das war sie wohl. Und was gab sie an? Sieben Uhr dreißig. Augenblicklich stieg aus den Schächten meiner Erinnerung eine andere Uhrzeit auf: vierzehn Uhr! Für vierzehn Uhr war ich mit Marie verabredet! Bei allen Heiligen, dieser Termin, dieser hochwichtige, dieser einzigartige Termin war mir während der letzten Stunden doch tatsächlich abhanden gekommen. Was jetzt? Ich konnte mich unmöglich umlegen, denn, das wusste ich aus Erfahrung, wenn ich jetzt die Augen schloss, würde ich sie vor Mitternacht nicht mehr öffnen. Nein, es gab nur eins: Ich musste durchmachen! Ich griff in meine Hosentasche, vergewisserte mich, dass da noch ein letzter Rest des ersten von Hagekamp gespendeten Briefchens steckte. Damit musste ich irgendwie über die Runden kommen.

In Limys Wohnung weihte ich meinen Herbergsvater in meine Pläne ein.

Er sah mich abschätzig an.

»Das schaffst du nicht. Und selbst wenn, was willst du damit bezwecken. Du siehst jetzt schon aus wie ein Untoter.«

»Ich *muss* da hin.«

»Na gut, komm.«

Er lotste mich zum Fernseher und zeigte auf einen Stapel Kampfsportvideos.

»Hier. Mehr kann ich dir nicht anbieten.«

Nachdem er sich empfohlen hatte, teilte ich das knappe

Viertelgramm, über das ich noch verfügte, in drei schmale Linien. Dann warf ich einen Blick auf die Uhr: kurz nach acht. Wenn ich zweieinhalb Stunden aushielt, konnte ich im Abstand von anderthalb Stunden je eine Nase nehmen und mit viel Glück bei Marie auflaufen, ohne bereits im Flur hintenüber zu fallen. Mit diesen doch eher wankelmütigen Aussichten schob ich die erste Kassette in den Recorder.

Bruce Lee und Konsorten gelang es, mich immerhin eine Stunde lang bei Bewusstsein zu halten. Dann fielen mir mehrmals in Folge die Augen zu. Also ging ich kalt duschen, stöberte in der Küche nach versteckten Alkoholika, fand eine halb volle Flasche Schlehenlikör und rief einen Freund in Braunschweig an, der meinen wirren Reden immerhin für zwanzig Minuten Gehör schenkte. Als er sich schließlich verabschiedete, um wieder schlafen zu gehen, fiel mir außer dem Speed nichts mehr ein. Ich nahm die erste Nase eine halbe Stunde zu früh, hatte bei der zweiten bereits einen Vorsprung von vierzig Minuten und nach der dritten noch weit mehr als eine Stunde zu überstehen. Unterdessen hatte ich bereits dreimal geduscht und mir vier Filme auf die Netzhaut gezogen – darunter »Der Weg eines Kämpfers« gleich zweimal. Der Schlehenlikör war alle, das Päckchen Marlboro beherbergte drei letzte Zigaretten, und egal wen ich auch anrief, allerorten sprang der Anrufbeantworter an. Ich stand kurz davor aufzugeben, als mir die rettende Idee kam: Ich würde den Weg zu Marie einfach zu Fuß zurücklegen. Ich kannte die Straße, in der sie wohnte, und schätzte, dass ich für den Marsch zwischen einer halben und einer drei viertel Stunde benötigte. Was machte es schon, wenn ich ein bisschen zu früh kam? Besser zu früh als gar nicht.

Ich zog mir die Jacke über und stiefelte los. Den ersten Kilometer bewältigte ich recht kommod. Zwar bescherten mir die Blicke entgegenkommender Passanten eine leichte Paranoia (War da nicht etwas Abfälliges in ihren Augen?), aber die

Freude über meinen blitzgescheiten Entschluss gab mir die Kraft, einigermaßen zünftig auszuschreiten.

Nachdem ich mir eine neue Schachtel Kippen gezogen hatte, war ich mir allerdings nicht mehr so sicher, ob das Adjektiv *blitzgescheit* wirklich das treffende war. Der Einbruch begann mit Kreislaufschwierigkeiten, dann kamen Atembeschwerden und Magenkrämpfe hinzu. Ich kämpfte mich all diesen Widrigkeiten zum Trotz tapfer voran, sah mich aber am Ende gezwungen, alle fünfzig Meter für ein oder zwei Minuten auszuruhen. Dass ich dabei wegen der Krämpfe meist eine hockende Haltung einnehmen musste, störte mich bald nicht mehr; genauso wenig wie die Blicke meiner Mitbürger, die ich mittlerweile nur noch als Schemen wahrnahm.

Als ich mich endlich die schäbige Hinterhoftreppe hinaufzog, fühlte ich mich, als ob ich ohne Trainingsvorbereitung einen *Ironman* überstanden hätte.

Dankbarerweise wohnte Marie Reynolds im ersten Stock.

»Ach, kommst du doch noch«, sagte sie, nachdem sie mir auf mein schwachbrüstiges Klopfen hin die Tür geöffnet hatte.

Meine Verwirrung ob dieser Aussage musste mir deutlich in den Augen gestanden haben, andernfalls hätte sie wohl kaum ein *es ist fast drei* hinzugefügt.

»Geh schon mal rein. Ich koch mir gerade was«, sagte sie dann, drehte sich um und tat einen Schritt an den Herd, der sich keinen Meter von der Wohnungstür entfernt in einer schmalen Küchenzeile befand. Ich stolperte an ihr vorbei in den einzigen Raum, den die Wohnung sonst noch zu bieten hatte. Er war ebenfalls nicht sonderlich groß und spärlich möbliert. Außer einem Arbeitstisch mit zwei altersschwachen Stühlen und verschiedenen Kartons und Kisten, die sich unordentlich vor einem wahren Ungetüm von Ofen stapelten, befanden sich nur noch zwei Matratzen im Zimmer. Eine unter dem Fenster, die andere an der Wand gegenüber dem Flur.

Dankbar, mich setzen zu können, belegte ich einen der Bürostühle. Dann begann ich zu warten, während sich ein unangenehmer Geruch in meine Wahrnehmung schob, ein Geruch, der mindestens auf Feuchtigkeit, eher noch auf Schimmelbefall hindeutete und dem selbst die Dämpfe aus der Küche nichts anhaben konnten. Trotz meiner Müdigkeit und der verqueren Gedankenlage, den der übermäßige Konsum von Drogen nun mal zur Folge hat, war mir das Hilflose meiner Situation deutlich bewusst. Zwar hatte ich es bis hierher geschafft, aber was nun? Seit meinem Eintritt hatte ich noch kein einziges Wort herausgebracht, und ich hatte nicht den Hauch einer Idee, wie ich diesem Missstand würde abhelfen können.

Maries Stimme unterbrach meine Gedanken.

»Hey, was machst du da?«

»Was?« Ich sah auf. Dann sah ich auf meine Hände und bemerkte, dass ich in den letzten Minuten unter Zuhilfenahme verschiedener auf dem Tisch verteilter Nagellackfläschchen damit begonnen hatte, psychedelische Muster auf die Rückseite irgendeiner Broschüre zu pinseln.

»Oh, äh, nichts.« Hastig stellte ich das Fläschchen, das ich gerade in der Hand hielt, zur Seite.

Marie setzte sich mir gegenüber, vor sich einen Teller mit gekochtem Gemüse. Für mich war anscheinend keine Portion eingeplant. Mir konnte das egal sein. Ich hätte ohnehin keinen Bissen runterbekommen. Nahrungsaufnahme war das Letzte, was mein geschundener Körper jetzt gebrauchen konnte.

»Du siehst nicht besonders frisch aus«, sagte sie zwischen zwei Gabeln.

»Äh, hab nicht so viel geschlafen letzte Nacht.«

Sie sah mich an und lächelte.

»Du scheinst auch sonst nicht viel zu schlafen.«

War das eine Anspielung auf meine Nacht bei Anita? War sie sauer deswegen? Oder nahm sie solche Sachen sportlich?

Ich vermochte dieses Lächeln nicht zu deuten. Vielleicht war ihr mein Tun ja auch einfach egal.

Bis zum Ende ihrer Mahlzeit schwiegen wir; ich nervös und Kette rauchend, sie in sich ruhend wie eine Zen-Meisterin.

Dann trug sie ihren Teller in die Küche und kehrte mit einer Umhängetasche zurück, der sie eine herkömmliche Videokamera entnahm.

»Okay, lass uns anfangen.«

»Gern.« Ich war froh, dass es endlich etwas zu tun gab.

Marie schraubte die Kamera auf ein Stativ und richtete sie auf mein Gesicht.

»Also, ich stell dir gleich eine Frage, und du antwortest so spontan wie möglich, okay?«

Spontan, na klar! Ich wusste, dass ich im nächsten Moment spontan würde kollabieren können, aber ansonsten ...

»Kein Problem.«

»Gut. Was bedeutet Kunst für dich?«

Auch das noch! Die nervigste aller Schwachmatenfragen. Vor meinem geistigen Auge zogen die wenigen Ausstellungen und Kunstmuseen vorbei, die ich in meinem Leben besucht hatte. Was bedeutete Kunst für mich? Ich hatte keine Ahnung. Geistige Leere? Langeweile? Das war gewiss nicht die Art von Antwort, mit der ich hier punkten konnte. Ich musste Zeit herausschinden.

»Tut mir leid, aber auf Englisch krieg ich das nicht hin. Kann ich's auf Deutsch probier'n?«

Marie nickte.

»Ich hab schon eine ganze Reihe deutscher Antworten. Das ist kein Problem. Ich habe jemanden, der das für mich übersetzt.«

Eine ganze Reihe, so so. Wie hatte ich nur annehmen können, sie hätte für dieses Projekt einzig und allein auf mich gewartet? Ich knüppelte die aufkeimende Eifersucht beiseite, versuchte mich zu konzentrieren. Dann erinnerte ich mich wieder daran, dass sie selber so gut wie kein Deutsch konnte, und mit einem Mal waren alle Hemmungen verschwunden.

»Also, äh, Kunst … Kunst bedeutet für mich, dir gegenüberzusitzen, ohne dabei laut herauszuschreien, was ich nicht alles dafür geben würde, deinen nackten Leib zu betrachten.«

Sie wartete noch einen Moment.

»Das war's?«

»Hmmh.«

»Ziemlich kurz, die meisten Leute reden wesentlich länger.«

»Tut mir Leid«, sagte ich, obwohl mir gar nichts Leid tat. Vielmehr freute ich mich auf den Moment, in dem ihr meine freimütige Botschaft übersetzt werden würde. Wann auch immer das sein mochte …

Das durch die Vorfreude ausgelöste Hoch währte allerdings nur kurz. Während Marie die Kamera verstaute, kehrte mein Unwohlsein mit neuem Schwung zurück. Was jetzt? Unter normalen Umständen hätte ich nun etwas starten müssen, das dazu angetan gewesen wäre, mein Bleiberecht in ihrem persönlichen Kosmos zu verlängern: eine spritzige Konversation aufziehen, eine Unternehmung vorschlagen, egal was. Aber die Umstände waren alles andere als normal. Ich konnte mich kaum noch regen, fühlte sämtliche Körperfunktionen gleichzeitig erlahmen, und zur Konversation war ich schon gar nicht mehr fähig. Ich hatte in das kurze Statement für die Kamera alles hineingelegt, was mir an Gesprächsthemen noch verblieben war, außer Müdigkeit, Agonie und Schmerz vielleicht.

Marie verschwand noch einmal im Flur, was mir einen letzten Aufschub gewährte. Dennoch war ich mir sicher: Wenn sie zurückkam, würde sie mich über kurz oder lang vor die Tür setzen. Und das wäre er dann gewesen, mein großer Moment, mein letzter Rehabilitationsversuch. Ich würde Jahre brauchen, um das zu verarbeiten! Dessen ungeachtet überlegte ich bereits, wie ich es bewerkstelligen sollte, meinen Körper noch einmal durch den halben Bezirk zu verfrachten, als ich mit einem Mal Schlüsselgeklapper vernahm. Es folgte ein kurzer auf Dänisch geführter Dialog, dann stand plötzlich dieses fahle Gothic-Girl im Zimmer, dem ich bereits bei Limy begegnet war.

»Hey, dich kenn ich doch.«

Ich nickte schwächlich.

Marie war ihrer Freundin gefolgt, und so redeten die beiden nun wieder in der Sprache ihrer Väter. Ich saß schweigend daneben und lauschte den fremden Zungen, nicht ohne Behagen. Von mir aus hätten sie ewig so weitermachen können. Es fehlte nur noch ein Liegestuhl, in dem ich, begleitet vom Wohlklang ihrer Stimmen, hätte wegdämmern können. Sicherlich wäre es höflich gewesen, sich jetzt aus dem Staub zu machen. Aber höfliches Benehmen war mir nicht mehr gegeben; und das war mein Glück. Denn nachdem Marie Reynolds ein kurzes Gespräch per Handy geführt hatte, wandte sie sich mit einer verheißungsvollen Frage an mich: »Hast du Lust, uns zu begleiten? Wir treffen uns gleich mit zwei Freundinnen.«

Ich hatte keine Ahnung, wie ich ein derartiges Unternehmen bewältigen sollte, aber das war nebensächlich. Ohne nachzudenken ließ ich meiner ausgedörrten Kehle glückstrunkene Zustimmung entweichen. Ich hatte mich gerade in die Verlängerung gerettet.

Mein Vorschlag, ein Taxi zu nehmen, stieß erfreulicherweise auf Zustimmung. Und so war der erste Teil des Ausflugs schnell gemeistert. Nachdem ich den Fahrer bezahlt hatte, musste ich allerdings zur Kenntnis nehmen, dass in meiner Börse nur noch ein einsamer Zehner verblieben war. Bis mir der nächste Bankautomat begegnete, würde ich das Tempo ein bisschen drosseln müssen.

An unserem Zielort, einem dieser Läden, deren diffuse Beleuchtung dich bereits im ausgeschlafenen Zustand an deiner Sehkraft zweifeln lässt, wurden wir bereits erwartet. Auch die beiden Freundinnen waren aus Kopenhagen, was selbstverständlich lautstarke Begrüßungsrituale verlangte, in deren Folge mein linker Gehörgang von einem bösen Pfeifen heimgesucht wurde. Nachdem sich alle um einen flachen Tisch auf zwei Ledersofas gruppiert hatten, ließ irgendwer drei Flaschen Rotwein und fünf Gläser kommen. Ich wusste, dass ich Schwierigkeiten haben würde, auch nur die kleinste Menge Alkohol hinunterzubekommen und nippte vorsichtig; dennoch hatte ich das deutliche Gefühl, einen Klumpen Fischgedärm schlucken zu müssen. Das skandinavische Kleeblatt zeigte sich da wesentlich agiler, und so wichen die Flaschen bald einem frischen Trio, während ich noch immer mit dem ersten Glas zu kämpfen hatte. Die Gespäche fanden weitgehend ohne mich statt. Zwar hatte man mir anfänglich ein paar höfliche Fragen gestellt, die ich mehr schlecht als recht zu beantworten versuchte, nun aber wurde wieder munter auf Dänisch parliert. Ich hatte nichts dagegen. Ich war ein Möbelstück, ein Haustier, ein taubstummer Diener, dessen einzige Aufgabe darin bestand, sich in Marie Reynolds' Nähe aufzuhalten. Ich starrte einfach ins Leere, nahm alle zehn Minuten einen winzigen Schluck Wein und wartete darauf, dass ich zur Seite kippen würde. Als ich zwischendurch zur Toilette wankte, hatte ich Mühe, die Tür aufzustoßen.

Nachdem auf diese Weise ein Zeitabschnitt vergangen war, dessen Umfang ich nicht mehr ermessen konnte, erhob sich plötzlich alles, und auch ich brachte es wie auch immer fertig, mich aus den unendlichen Tiefen des Sofas in die Höhe zu zwingen. Lärmend drängten die Girls zum Ausgang; ich trabte tapfer hinterher. Der Instinkt des Pflegebedürftigen. Im wattierten Hirn nur ein Gedanke: Wenn ich Marie verlor, würde ich selbst verloren sein. Niemand hatte mir gesagt, wo es hinging, genauso wenig, wie mich jemand gefragt hatte, ob ich mitwollte. Aber das war Nebensache. Ich war wild entschlossen, den Anschluss zu halten.

Natürlich vergrößerte sich der Abstand sekündlich, und bald schon sah es so aus, als würde ich das ungleiche Rennen verlieren. Aber dann stoppte die Führungsgruppe im Lichtschein einer Leuchtreklame und schwenkte nach rechts aus meinem Sichtfeld.

Als ich die Stelle erreichte, an der sie verschwunden waren, hätte ich mir, wenn ich noch die Kraft dazu besessen hätte, sicherlich ein Lächeln abgerungen. Ich befand mich vor dem *Kaffee Burger*, meiner neuen, ganz persönlichen Schicksalsstätte.

Ich unternahm erst gar keinen Versuch, Marie und ihren Begleiterinnen ins Gewimmel zu folgen. Entschlossen dort auszuharren, suchte ich mir umgehend einen Platz an der Theke. Früher oder später würden sie hier wieder vorbeikommen müssen.

Als ich nach meiner Bestellung gefragt wurde, musste ich nicht lange überlegen.

»Mineralwasser«, keuchte ich.

Drei Gläser später war ich am Ende. Meine Börse war leer, das Päckchen Marlboro hatte schon eine halbe Stunde zuvor ausgedient. Ich ließ noch eine Gnadenfrist von zehn Minuten verstreichen, dann entschloss ich mich zur endgültigen Kapitulationserklärung. Wo ich die abzugeben hatte, wusste ich bereits. Wie in Zeitlupe arbeitete ich mich zur Tanzfläche vor. Und tatsächlich: Da war sie. Sie vergnügte sich mit einem gut aussehenden Jüngling, der in seine Schritte alles hineinlegte, was einem heterosexuellen Bleichgesicht an sexueller Ausstrahlung zur Verfügung stand.

Ich wartete, bis der Song, irgendein Ska-Stück, sein Ende gefunden hatte. Dann tippte ich ihr vorsichtig auf die Schulter.

Sie drehte sich um, sah mich verblüfft an. Offenbar hatte sie nicht damit gerechnet, dass ich es bis hierher schaffen würde, dass ich immer noch in ihrer *Nähe* war.

Ich öffnete die Lippen.

»Ich ... also ...«

»Ja?«

»Ich kann nicht mehr. Ich bin vollkommen am Ende.«

»Und?«

»Ich brauch 'nen Platz zum Schlafen.«

Sie schwieg.

Ich versuchte, mich gegen den letzten, den vernichtenden Schlag zu wappnen, hatte ihre Absage bereits überdeutlich in den Ohren. Denn um etwas anderes zu erwarten, lag einfach zuviel Spott in ihren Augen. Aber sie überraschte mich.

»Okay, Louise schläft heute bei ihrem Freund. Komm mit!«

Sie ergriff meine Hand und zog mich Richtung Ausgang. Der Jüngling rief uns irgendwas hinterher, aber sie reagierte nicht darauf, zog mich einfach weiter.

Zu ihrer Wohnung war es längst nicht so weit, wie ich das erwartet hatte. Und als wir in ihre Straße einbogen, hatte es mein Körper allen Torturen zum Trotz sogar geschafft, ein paar Glückshormone zu produzieren. Ihre Hand in der meinen, dazu die Aussicht, bei ihr zu übernachten, mehr wollte ich für den Rest meines jämmerlichen Daseins nicht verlangen. Dass ich wahrscheinlich mit einer eigenen Matratze würde vorlieb nehmen müssen, war mir in diesem Moment so egal wie die Wechselkurse der angolanischen Notenbank.

Als wir einen thailändischen Imbiss passierten, der offenbar noch geöffnet hatte, zog mich Marie zur Eingangstür.

»Komm, du brauchst was zu essen.«

Ich bezweifelte, dass das eine gute Idee war, aber ich wollte ihr nicht widersprechen. Sie hatte mir bereits zu viel Gutes angedeihen lassen.

Ich wählte eine Portion Frühlingsrollen und nahm aus alter Gewohnheit zwei Flaschen Bier dazu. Marie beließ es bei einem Schokoriegel.

Als es ans Bezahlen ging, fiel mir etwas ein.

»Scheiße, kein Geld mehr.«

»Kein Problem. Ich übernehm das.«

Draußen biss ich beherzt in das erste Röllchen, kaute eine Weile auf dem Bissen herum und beförderte die breiige Masse dann in meinen Schlund. Eine Hundertstelsekunde später glaubte ich ersticken zu müssen. Ich hustete und krächzte, ich krümmte mich und ließ eine der Flaschen fallen, die mit einem satten Knall auf dem Pflaster zerschellte. Dann endlich gelang es mir, den Klumpen, der mir da so ohne Ansage das Lebenslicht hatte auspusten wollen, hervorzuwürgen und in den Rinnstein zu spucken.

Es war nicht das, was man gemeinhin *Kotzen* nennt. Es war die natürliche Reaktion meines Leibes auf feste Nahrung. Nach den vorausgegangenen Ausschweifungen waren meine Innereien einfach nicht mehr in der Lage, mit etwas umzugehen, das *verdaut* werden musste.

Dass es Marie Reynolds für derlei wissenschaftliche Differenzierungen in diesem Moment an Gelassenheit fehlte, sah ich ihr nach.

»Hey, kotz mir bloß nicht in die Wohnung«, sagte sie, wobei ihrem Blick deutlich zu entnehmen war, dass sie ihren Entschluss, mich mitzunehmen, bereits zu bereuen begann.

Ich nahm mir fest vor, weder in ihre Wohnung noch sonst wohin zu kotzen, und schmiss die Frühlingsrollen in die Gosse. Dummerweise fühlte ich in genau diesem Moment eine Übelkeit in mir aufsteigen, wie ich sie erst einmal zuvor auf einem in der Ostsee schwankenden Fischkutter erlebt hatte.

Oben angekommen, tat der penetrante Schimmelgestank sein Übriges. Ich versuchte mich an dem verbliebenen Bier, ließ es aber gleich wieder bleiben. Es hatte keinen Zweck mehr. Das Einzige, was mir noch helfen konnte, war Ruhe; absolute Bewegungslosigkeit; in der Bauchlage *Toter Mann* spielen - wie damals auf dem Kutter.

Ich stellte die Flasche auf den Arbeitstisch und zog mich vorsichtig aus. Nur keine heftigen Bewegungen!

Marie war in der Küche verschwunden, vielleicht um sich die Zähne zu putzen.

Als sie zurückkehrte, lag ich, bereits zugedeckt, auf einer der beiden Matratzen.

Sie blieb in der Mitte des Zimmers stehen, streifte sich ebenfalls die Klamotten ab, öffnete den Pferdeschwanz und begann, sich mit kräftigen Strichen dieses unglaubliche pechschwarze Haar durchzubürsten. Ich verfolgte das Schauspiel mit starren Pupillen, und obwohl mir mittlerweile abgrundtief schlecht war, nahm ich jedes Detail in mich auf, als ob noch Jahre später von der exakten Wiedergabe dieser Bilder mein Leben abhängen würde.

Wie sie so dastand, nur noch mit ihrem Slip bekleidet, den Kopf weit zurückgeworfen, hatte sie etwas von einer Kriegerin, die sich auf eine Schlacht vorbereitet.

Kaum dass die faszinierende Vorstellung vorbei und das Licht gelöscht war, ereignete sich das nächste, das dritte Wunder dieses Tages. Denn anstatt sich nun, wie ich es erwartet hatte, auf die andere Matratze zu legen, trat sie an die meinige heran, schlug die Decke zur Seite und kroch darunter.

Sie tat das ohne Worte und drehte mir augenblicklich den Rücken zu, wobei sie einen Abstand einhielt, der keinerlei Verlangen nach einer Berührung erkennen ließ.

Ich spürte ihre Hacken an meiner Ferse, ich spürte die Wölbung ihres Hinterns an meiner Hüfte, ich atmete ihren Geruch. Ich war endlich dort angekommen, wo ich die letzten Wochen so unbedingt hingewollt hatte, aber ich war unfähig mich auch nur einen Millimeter zu bewegen. Und so lag ich stocksteif da und lauschte den regelmäßigen Zügen ihres Atems wie Sirenengesängen aus einem weit entfernten Land. Denn ich wusste, sobald ich auch nur den geringsten Versuch unternehmen würde, mich zu regen, würde sich mein Mageninhalt augenblicklich über ihr Haar ergießen.

Gratis-Inventur

Kennst du das? Das Telefon schlägt Alarm. Und du denkst, es könnten deine Eltern sein, dein Arbeitgeber, irgendeine Behörde oder sonst jemand, der klare Ansagen erwartet, und du traust dich nicht zu reagieren, weil du so bekifft bist, dass du dir nicht vorstellen kannst, diesen Zustand auch nur eine Sekunde lang zu verbergen.

Oder kennst du dies hier? Vier junge Tunichtgute sitzen stundenlang zusammen und genießen den wohligen Ausstoß einer Wasserpfeife. Plötzlich äußert einer den Wunsch, ein paar Schokoriegel einzuwerfen. Und alle nicken und denken: »Jau Mann, ein bisschen Zucker wäre jetzt wirklich angebracht.« Nur losgehen will niemand. Einfach weil niemand losgehen *kann*. Denn der Kiosk liegt draußen. Und draußen ist *feindlich*, ist die Zone, wo all die Nüchternen warten.

Ein anderes Szenario: Du sitzt am Steuer deines Wagens, zugeraucht bis zum Anschlag, bist einfach beim Dealer hängen geblieben, hast das erstandene Piece gleich angetestet, mit dem Rest der anwesenden Kundschaft und eurem Versorger ein paar Hörnchen weggeputzt. Aber als jetzt ein Rotlicht deine Fahrt in den sicheren Heimathafen unterbricht, hast du immer noch zwölfeinhalb Gramm in der Tasche. Und da halten auch schon die Bullen neben dir. Und hey, sie starren dich an, sie starren direkt zu dir *herüber* – überheblich und unverschämt, die Köpfe randvoll mit bösen Gedanken. Und du spürst das, spürst es mit aller Deutlichkeit. Aber du kannst ihre Blicke nicht erwidern, hältst deine Augen starr auf die Ampel gerichtet. Denn du weißt, sobald du den Kopf wendest, werden sie erkennen, dass du absolut nicht koscher bist, sobald du den Kopf wendest, wird etwas *Unangenehmes* passieren.

Oder dies: Du kommst von einer Party, hast dich mit Haschkeksen in einen Zustand höchster Seligkeit katapultiert. Und nun wanderst du durch die einsamen Schluchten der Innenstadt, als dir plötzlich all diese Berichte aus der Glotze ins Hirn wabern. Bilder von marodierenden Nazihorden und bis an die Zähne bewaffneten Jugendgangs schieben sich hinter deine geröteten Pupillen. Und hoppla, da kommen dir auch schon welche entgegen, sechs oder sieben Typen, grölend, mit Bierflaschen in den Händen. Du möchtest umdrehen, möchtest die Beine in die Hand nehmen. Aber irgendetwas in dir sperrt sich dagegen, sagt dir, dass eine Flucht vielleicht Beißreflexe auslösen könnte. Und so trottest du weiter, hältst den Kopf gesenkt und versuchst dennoch entschlossen zu wirken, während sich in deiner Magengegend eine Qualle ausbreitet ...

Wenn du dich richtig betrinken willst, dann bleibst du am besten zu Hause – so lautet eine alte Weisheit, die, wenn ich mich recht erinnere, einst das spiritusgetränkte Gehirn von Jack London ausgespuckt hat. Für den Genuss von Cannabisprodukten darf wohl dasselbe gelten. Aber auch in der eigenen Wohnzelle, auch im trauten Heim bist du nicht gegen Gefahren gefeit. Auch dort droht allzeit das Eindringen von Wirklichkeit, wie die folgende Geschichte auf unschöne Weise belegen wird.

Sie spielt in der gebenedeiten Epoche zu Beginn der Neunziger, als sie in den neuen Provinzen noch an das Gute, Schöne, Helle glaubten und all die fremdenfeindlichen Ausschreitungen noch anmuten wollten wie irrlichternder Hexenspuk.

Es war einer dieser friedvollen Abende, wie ich sie damals im Beisein meines Cousins Zachowiak nur allzu oft verleben durfte. Wir saßen in unserer gemeinsamen Herberge vorm TV, ließen uns von den routinierten Kunstgriffen einer Margarethe Schreinemakers die verhärteten Seelen weich klopfen, tranken heimische Brauereiprodukte und verdrückten alle fünfundvierzig bis sechzig Minuten von Zachowiak aufs beste präparierte Haschzigaretten. Das große Finale – Margarethe im Kreise eines Spastikers, eines mopsfidelen Mukoviszidose-Patienten und einer im Rollstuhl agierenden MS-Kranken – ging uns schließlich dermaßen hart an, dass es ganz unmöglich wurde, zur gewohnten Zeit die Bettstatt aufzusuchen. Und so begannen wir, den elektronischen Zeigefinger des Herrn auf die Suche nach einer Sendung zu schicken, die in der Lage war, der Kasteiung einen Moment der Kontemplation hinterherzuschicken. Wir blieben schließlich bei der Wiederholung einer frühen *Baywatch*-Folge hängen.

»Noch ein Bier, Frau Oberst?«, fragte Zachowiak, schon wieder eine frische Tüte in den vergilbten Fingern, während sich Pamela Anderson daran machte, einem beneidenswerten Knallchargen drei oder vier Seeigelstacheln aus dem Fuß zu pulen.

»Im Namen Christi, gebt mir noch eins.«

Und so ging die Nacht in süßer Monotonie dahin, verrann im harzigen Dampf vermeintlicher Bewusstseinserweiterung, unterbrochen nur von einer kurzen Stippvisite unseres Untermieters, der von irgendeiner späten Unternehmung heimgekehrt war und uns vor dem Schlafengehen einen letzten Gruß entrichten wollte.

Dieser hagere, geradezu asketische Geselle, der da – eine zerschlissene Sporttasche über der Schulter – mit einem Mal in unserem Salon auftauchte und sich kurz den Joint zwischen die Abrisshalde seiner Zahnreihen schob, hieß Harnulf Jakobson. Er ging schwer auf die vierzig zu, war in Berlin aufgewachsen und dort im zarten Alter von vierzehn ans Heroin geraten.

Keine Frage, dass er einiges zu erzählen hatte. Wenn man seinen Räuberpistolen glauben schenken wollte, hatte er noch mit Christiane F. höchstselbst das Spritzbesteck geteilt, hatte Leiche und all die anderen tragischen Figuren aus *Wir Kinder vom Bahnhof Zoo* – diesem Klassiker der Reality-Soap-Literatur – noch persönlich gekannt. Von diesen adoleszenten Erweckungserlebnissen, insbesondere der damaligen *Reinheit* (und der damit einhergehenden Durchschlagskraft) der Droge, hatte er sich nie ganz erholt, und so fuhrwerkte er trotz einer Unzahl von Therapien immer noch mit dem Dreck herum, auch wenn er zum Zeitpunkt dieser Ereignisse von einem verständnisvollen Weißkittel zu Beginn jeder Woche mit einer Familienpackung *Remedacen* versorgt wurde. So eine Familienpackung reicht eben mal länger, mal weniger lang – das weiß jeder, der sich schon mal einen Kasten Bier in die Küche gestellt hat.

Wenn das Substitut vor der Zeit sein Ende fand, sah sich Harnulf Jakobson folgenden Möglichkeiten gegenüber: Er konnte die Tage und Nächte bis zum nächsten Arzttermin schwitzend und zitternd im Bett verbringen oder er konnte losziehen und sich Linderung verschaffen. Wer will es ihm verdenken, dass er sich zumeist für die letztgenannte Variante entschied? Die dafür benötigten Geldmittel brachte er durch seine in den langen Jahren der Sucht erworbenen Fähigkeiten als Einbruchspezialist zusammen. Und so geschah es nicht selten, dass er die Wohnung zur besten Schlafenszeit verließ, um ein, zwei Stunden später mit erfreulich prall gefüllten Taschen zurückzukehren.

Zachowiak und ich ließen den alt gedienten Narkotiker gewähren, vertrauten auf seine Erfahrung und fragten in dieser Sache nicht weiter nach. Wie das Diebesgut geartet war, und wie Jakobson es an den Mann brachte, interessierte uns nur bedingt. Wir interessierten uns weitaus mehr für die medizinischen Fähigkeiten einer Pamela Anderson und den schwarzen Afghanen, den Zachowiak erst am vergangenen Nachmittag besorgt hatte.

Aber keine Weltflucht währt ewig. Irgendwann hatte Pamela ihr barmherziges Wirken für diesen Tag vollendet. Für meinen Vetter das Signal, sich schwankend in die Senkrechte zu bringen.

»Ich erbitte die Erlaubnis, mich zurückziehen zu dürfen, oh Beherrscher der Gläubigen«, stöhnte er, die Augen gerötet, als ob er die letzten vierundzwanzig Stunden im Windkanal zugebracht hätte.

»Nur zu, Großwesir. Nur zu.«

Ich selbst ließ noch ein wenig *Star Trek* in mein pulverisiertes Hirn rieseln und gönnte mir der Form halber ein allerletztes Horn, bevor ich schließlich meinerseits in diesen tiefen, traumlosen Schlaf fiel, den der Konsum von THC stets zur Folge hat.

Es sollte allerdings nicht lange dauern, bis ich dem wattierten Schlund wieder entrissen wurde. Höchst seltsame Laute schraubten sich mit einem Mal in mein Unterbewusstsein: Geschrei und Gepolter, die eine der wenigen Kontrollstationen meines Körpers, in denen noch gearbeitet wurde, veranlassten, mich mit Wecksignalen zu bombardieren.

Als ich mich schließlich dazu durchringen konnte, die Augen zu öffnen, blickte ich in die unendlich dunkle Mündung einer Handfeuerwaffe.

In Christi Namen, was hatte das zu bedeuten? Wer zum Teufel nahm sich einen derartigen Anschlag auf meinen maroden Herzschrittmacher heraus? Die letzten Reste der RAF, die sich in der Haustür geirrt hatten und mich für den Erben eines Schwerindustriellen hielten? Der Dealer, der sein Hasch zurückhaben wollte, weil ihm Zachowiak einen gefälschten Schein untergejubelt hatte? Einer von Jakobsons Freunden, dem das Methadon ausgegangen war, und der sich nun auf diese zugegebenermaßen unkonventionelle Weise ein kurzfristiges Darlehn verschaffen wollte? Oder war es nur der Blockwart, der gekommen war, um uns einmal mehr daran zu erinnern, dass wir mit der Treppenhausreinigung zwei Wochen im Rückstand waren?

Wenn es der Blockwart war, hatte er auf jeden Fall an Masse verloren. Deutlicher konnte ich die Gestalt, die hinter der Knarre hervorlugte, leider nicht ausmachen. Meine Optik wurde von einem lästigen Schleier beeinträchtigt. Dafür konnte ich nun eine Stimme vernehmen. Eine Stimme wie ein Zahnarztbohrer.

»Raus aus dem Bett, aber hurtig!«

Ich zögerte keine Sekunde, dieser Anweisung Folge zu leisten.

Kaum dass ich mich aufgerappelt hatte, dirigierte mich ein kaltes Stück Metall im Nacken Richtung Tapete. Dann begann das gute, alte Zöllnerspiel, inklusive Enddarmbesichtigung.

»Ja, schön die Beine auseinander. Und jetzt vorbeugen wie bei der Musterung, ha, ha.«

Nein, das war nicht der Blockwart, das war *auf keinen Fall* der Blockwart. So ich es nicht mit einem der sexuell gestörten Langzeitarbeitslosen zu tun hatte, die unsere Nachbarschaft zuhauf bevölkerten, konnte es sich bei dem Freak, der sich da so brennend für meinen Verdauungstrakt interessierte, nur um ein Mitglied der örtlichen Sicherheitsorgane handeln.

Als er die Visitation meines Leibes endlich beendet hatte, gelang es mir, einen Blick auf den Flur zu erhaschen, wo ich tatsächlich zwei Uniformierte ausmachen konnte, die geschäftig in einem Haufen alter Pizzapappen herumwühlten. Die Sehstörung hatte sich dankenswerterweise verflüchtigt.

Wie sich später herausstellen sollte, hatte die Staatsmacht mächtig aufgefahren. ZSK, Einbruchsdezernat und RD (inklusive halbseitig gelähmtem Rottweiler) tummelten sich in unserer Wohnung. Alles in allem an die fünfzehn Arschgeigen mit und ohne Uniform, die da durcheinander schrieen und schon damit begonnen hatten, unsere Küchenschränke auszuräumen.

Mein Peiniger entließ mich derweil aus seinem harten Griff, und so erhielt ich die Gelegenheit, ihn endlich in Augenschein nehmen. Er trug eine ebenso zeit- wie geschmacklose Daunenjacke von der Farbe mehrfach benutzter Zahnseide; das leicht ergraute Haar hatte er sich raspelkurz schneiden lassen; den Nacken zierten zwei Wülste, die an ein Paar Blutwürste erinnerten; die fleischige Nase wurde von einer metallumrandeten Brille beherrscht. Er hätte einen rechtschaffenen Wirt oder einen wohlbestallten Schlachtermeister abgeben können; ein, zwei modische Veränderungen vorausgesetzt, wäre er auch als Trainer eines leidlich erfolglosen Mittelgewichtlers durchgegangen. Ich konnte ihn vor mir sehen, wie er seinem Schützling das klumpige Handtuch um die Ohren schlug, während er ihn auf die letzte Runde vorbereitete. Das Organ für einen Trainer besaß er auf jeden Fall; zusätzlich besaß er die zwingend notwendige väterliche Ader.

»So, Junge, jetzt sagst du mir erst mal, wie du heißt. Und dann verrätst du dem guten Onkel, wo ihr die Fotoapparate versteckt habt.« Er fuhr seine Bleispritze in die Garage zurück und tätschelte mir wohlwollend die Wange.

Gehorsam nannte ich meinen Namen. Dann fiel mir nichts mehr ein. Ich wusste nichts von irgendwelchen Fotoapparaten, ich selber besaß noch nicht mal einen, konnte mich allerdings der Vermutung nicht erwehren, dass Harnulf Jakobson seinen Besitzstand in dieser Richtung vergrößert hatte.

»Nun mal raus mit der Sprache. Wo sind sie?« Der gute Onkel zeigte sich ungeduldig. Das Väterliche in seinem Tonfall hatte sich verabschiedet.

»Tja, Herr Wachtmeister ...«

»Hauptkommissar Krause«, unterbrach er mich.

»Je nun, wenn Sie Gerätschaften zur Herstellung von Lichtbildern suchen, komme ich nicht umhin, Ihnen eine abschlägige Auskunft zu erteilen. Dieser Raum beherbergt ausschließlich Unterhaltungselektronik.«

Bei diesen Worten fiel mein Blick auf den flachen Tisch neben meiner Schlafstatt. Inmitten der Bierflaschen und des übervollen Aschenbechers döste der Afghane vor sich hin. Keine dramatische Menge, aber genug für dreimal Nachsitzen oder einen Tag Stubenarrest. Unglücklicherweise hatte der Bulle das Piece ebenfalls bemerkt.

Jetzt griff er danach und wog es locker in der Hand. Dabei sah er mich durchdringend an: »Gut. Wir können auch anders ... Bartning! Kiehne!«, brüllte er Richtung Flur.

Umgehend trabten zwei seiner Lakaien ins Zimmer. Sie waren einzig und allein durch die Form ihrer Schnurrbärte zu unterscheiden, besser noch durch die darin befindlichen Essensreste. Der eine trug die Schenkelbürste ausufernd und buschig, hatte offensichtlich eine Vorliebe für Kakao oder Schokolade; der andere hatte sich für ein schmaleres, streng preußisches Modell entschieden, das durch eine Hand voll raffiniert verteilter Brotkrumen aufgewertet wurde.

»Alles umkrempeln!«, befahl Krause, und das schnurrbärtige Duo tat wie ihm geheißen.

Ich schwang mich aufs Fensterbrett, gönnte mir die erste Zigarette des aufkeimenden Morgens und sah zu, was die beiden zutage förderten. Es war nicht wenig. Neben meiner guten *Pesola*-Waage und zahlreichen Rauchutensilien entdeckten sie Dinge, deren Existenz ich längst vergessen hatte: Messer mit Überlänge, im Vollrausch demontierte Verkehrsschilder, eine Sammlung abgebrochener Mercedessterne, eine zerfledderte *Radikal*, eine Anleitung zum Fällen von Strommasten der

Gruppe *Hau weg die Scheiße*. Lauter Relikte meiner goldenen Jugend. Erstaunlich, was sich da im Laufe eines gerade erst begonnenen Lebens alles angesammelt hatte. Noch erstaunlicher allerdings, welche Begeisterung die doch eher harmlosen Funde bei ihren Entdeckern auszulösen vermochten.

»Oha!«, tönte es von links, während von rechts ein erregtes »Na, sieh mal an« an mein Ohr drang.

Krause kommentierte jede neue Enthüllung aufsässiger Denkungsart mit der selbstzufriedenen Miene des Wissenden. Ihm hatte bereits ein Blick auf meine zerlöcherte Unterhose genügt, um mich derjenigen Sorte wilder Tiere zuzuordnen, die man vor dem Mauerfall gern mit den Worten *geh doch nach drüben* bedacht hatte.

Ich selbst versuchte mich derweil an einem möglichst unbeteiligten Gesichtsausdruck, brachte aber nicht viel zuwege. Sicher, was sie da zusammentrugen, würde gerade mal für eine Geldstrafe oder drei Arbeitsstunden bei der Caritas reichen. Aber es tat mir Leid um all die mit Erinnerung befrachteten Gegenstände und es tat mir Leid ums Hasch. Und natürlich wanderten meine Gedanken mehr als einmal zu Harnulf Jakobson, der bereits ein halbes dutzend Vorstrafen sein Eigen nannte. Mehr als wahrscheinlich, dass er diesen Wert in Kürze aufstocken konnte. Als die Durchsicht meiner Habe endlich abgeschlossen war, hielt mir Krause eine handschriftlich gestaltete Liste aller beschlagnahmten Gegenstände unter den Ansaugstutzen.

»Quittieren!«

»Aber die Sachen gehören mir gar nicht. Das meiste hat unser Vermieter hier untergestellt ...«

»Weiß ich doch.« Mein Gegenüber setzte ein neckisches Lächeln auf und schlug mir gönnerhaft auf die Schulter. Der Zettel verschwand in der Steppjacke, und ich durfte mich wieder frei bewegen.

Meinen Vetter entdeckte ich in der Küche. Er saß mit einem Trio Kalkmützen am Esstisch und schenkte Kaffee aus. Unübersehbar litt er unter akutem Schlafmangel, seine eingefallenen Wangen wirkten wie mit einer Mischung aus Quark und Asche bestrichen. Seinen Fähigkeiten als Gastgeber tat die fehlende Frische allerdings keinen Abbruch. Gerade erläuterte er der Runde die Existenz des Honecker-Porträts, das - neben dem Vorratsschrank platziert - eigentlich die Aufgabe besaß, Motten und Fruchtfliegen fernzuhalten.

»Ein beeindruckender Staatsmann. Hat viel für die FKK-Bewegung getan und den Konfirmandenunterricht reformiert. Auch modisch ein Vorreiter ...«

Die Bullen verfolgten den Vortrag mit offenen Mündern - drei Weihnachtskarpfen in der halbgefüllten Badewanne.

Ich versuchte mir vorzustellen, was in ihren Köpfen vorging, und musste an langsam rotierende Waschtrommeln denken, in denen allerlei Unrat herumschwappt. Bevor ich allerdings dazu kam, eine entsprechende Äußerung zu tätigen, wurden die unnützen Gäste abkommandiert.

»Abrücken!«, scholl es aus dem Flur, und so beeilten sie sich, ihre *Marlboro Light* dem Aschenbecher zu überantworten.

Wir brachten sie zur Wohnungstür, was uns die Gelegenheit gab, einen vorerst letzten Blick auf unseren bedauernswerten Untermieter zu werfen. Er wirkte verzagt mit seinen Handfesseln aus Plastik. Aber er rang sich ein Lächeln ab.

Wir simulierten ebenfalls Tapferkeit.

»Wart's ab, zum *Glücksrad* bist du wieder hier«, tönte Zachowiak.

»Ich weiß nicht«, antwortete Harnulf Jakobson.

Und mit dieser Einschätzung sollte er Recht behalten. Die eilfertigen Büttel hatten unter seiner Matratze ein knappes Gramm Heroin entdeckt, und das allein genügte, um eine bestehende Bewährung aufzuheben. Was sie nicht entdeckten, waren die gesuchten Fotoapparate. Fünf sündhaft teure *Hasselblad*, die Jakobson in weiser Voraussicht im Geräteraum des Blockwarts versteckt hatte.

Er verriet uns die genaue Position, als wir ihn das erste Mal in der Verwahranstalt besuchen kamen. Gewiss, ein schwacher Trost angesichts der Verluste auf menschlicher Ebene, aber dennoch ein Labsal; zumal uns der unverhoffte Zugewinn in die Lage versetzte, unseren wackeren Gefährten mit einem hochmodernen Fernsehgerät und einer erquicklichen Anzahl skandinavischer Hochglanzmagazine zu versorgen.

Davon war an diesem grauen Mittwochmorgen allerdings noch nichts zu erahnen.

Nachdem Jakobson abtransportiert worden war, wurde Hauptkommissar Krause ein letztes Mal vorstellig.

»Keine Bange, ihr beiden hört noch von uns«, sagte er, ein Lächeln auf den Lippen, wie es Aasfressern eigen ist, die gerade den Geschlechtsakt vollzogen haben.

Wir wünschten ihm eine erfolgreiche Gesichtstransplantation.

Als er sich endlich verflüchtigt hatte, nahmen Zachowiak und ich eine notdürftige Reparatur des ramponierten Türschlosses vor. Dann riskierten wir einen Blick in Jakobsons Kammer. Es sah aus wie nach einer Karnevalsfeier mehrerer miteinander verfeindeter Kegelvereine. Das Wenige, was Jakobson besessen hatte, war sperrmüllgerecht zerlegt worden.

»Heiland Sack!«, entfuhr es meinem Vetter angesichts der Trümmerlandschaft. »Darauf brauche ich einen Joint von mindestens staatstragenden Ausmaßen.«

Ich sah mich außerstande, ihm zu widersprechen.

Und so robbte ich keine zehn Sekunden später über den Flokati, um abgetauchte Brösel zu ertasten, während Zachowiak den Abfalleimer in der Küche nach Jointstummeln durchwühlte.

Das närrische Treiben der Boheme

Schriftschaffende sind kommunikativ, soll heißen: Sie reden gern – am liebsten über sich selbst und ihren wertvollen Beitrag zum Weltkulturerbe. Besonders deutlich tritt diese Verhaltensauffälligkeit immer dann zutage, wenn zwei oder mehr Autoren aufeinander treffen. Auch ohne Kokainzufuhr ist hier ausuferndes, egobezogenes Geschnatter schnell die Norm.

Was aber, wenn irgendwann alle Pläne und Projekte, sämtliche Groupiephantasien und jede noch so kurze Erwähnung im Veranstaltungsteil irgendeiner Kreisstadtpostille aus dem nikotingetränkten Maul geschwappt sind, der Drang zum Salbadern aber noch lange nicht gestillt und zu allem Überfluss auch vom guten *Kosakengold* noch ein Fläschchen vorhanden ist?

Ganz einfach: Die Tischgesellschaft hält sich am Telefon schadlos. Reihum werden Kollegen angerufen (am liebsten solche, die auf der eigenen schwarzen Liste ganz oben stehen) und mit mehr oder weniger zusammenhängenden Schmähungen bedacht.

Ich erinnere mich an einen trüben Septembermorgen anno 1998 – es wird so gegen halb sechs gewesen sein –, als es in dieser Hinsicht wieder einmal besonders hoch herging. Ich hatte einen befreundeten Beatnik aus Berlin zu Gast, einen langjährigen Polytoxikomanen ohne Kinderstube, den ich Stunden zuvor bei einem hannöverschen Literaturfestival aufgelesen hatte.

Zum Zeitpunkt unseres Zusammentreffens hatte der Beatnik, nennen wir ihn der Einfachheit halber Raskolnikov, bereits drei Liter Bier und eine gehörige Portion Ephedrin in der Blutbahn. Kein schlechter Start, gewiss, aber ich holte im Laufe des Abends auf. Während Raskolnikov diversen Vortragenden mit fortgesetzten Zwischenrufen auf den Zahn fühlte, pumpte ich Rotwein in mich hinein, den ich mit Hustensaft veredelte.

Nachdem wir uns schließlich in meine Ein-Raum-Wohnung begeben und ein oder zwei Stunden lang Monologe ausgetauscht hatten, wurde es irgendwann Zeit, die schlafende Bevölkerung an unseren Geistesblitzen teilhaben zu lassen. Eifrig arbeiteten wir die wichtigsten Nummern aus meinem privaten Telefonbuch ab, wobei wir uns ausschließlich auf Variationen des immergleichen Themas beschränkten.

»Wir kommen, um dich zu holen und schaffen dich nach Polen«, zwitscherte ich mit schlecht verstellter Stimme in den Hörer, nachdem das Pfeifen eines Anrufbeantworters oder ein verschlafenes »Ja, hallo?« das Startsignal gegeben hatte.

»Wir wissen, wo du wohnst, du Leichtmatrose! Wir setzen dir den roten Hahn aufs Dach!«, bölkte Raskolnikov aus dem Hintergrund.

Wer selbst an den Apparat gegangen war, erhielt nun die einmalige Gelegenheit aufzulegen. Und das taten auch die meisten. Wer sich allerdings gesprächig zeigte oder den AB für sich arbeiten ließ, durfte sich weitere Schmankerln angedeihen lassen.

»Am besten wir kommen *sofort* rüber, du Aussatz!«

»Du weißt ja, was mit Herrhausen passiert ist ...«

»Und lass bloß die Finger von meiner Verlobten!«

»Wie bitte? Was reden Sie da?! Ich bin *homosexuell*«, nölte ein Lyriker, der seinen Wohnsitz ebenfalls in die Hauptstadt verlegt hatte und für seine schwulenfeindlichen Gedichte bekannt war.

»Meine Verlobte behauptet aber, dass du ihr an der Bar im *Tresor* allerlei Schweinkram ins Ohr geflüstert hättest.«

»Aber ... um Gottes Willen! Das ist doch unmöglich! Wer *sind* Sie überhaupt?«

»Wir sind Freunde des Märtyrers Siegfried Buback.«

»Wir setzen dir den roten Hahn aufs Dach!«, bölkte Raskolnikov.

»Das ist ja lächerlich. So einen Scheiß muss ich mir nicht anhören«, grollte der Lyriker, mittlerweile erzürnt. »Wenn Sie nicht sofort auflegen, rufe ich die Polizei!«

So gingen die Telefoneinheiten ins Land und die letzten Biervorräte dahin. Wir versuchten, uns noch einmal zu motivieren, indem wir verschiedenen uns bekannten Dichterinnen die Botschaft hinterließen, dem Rowohlt-Verlag umgehend Texte für eine geplante Anthologie mit dem Titel *Spermapalast* zuzusenden. Aber bald half auch das nichts mehr, und so robbten wir mit dem rechtschaffenen Gefühl des Fleißigen auf unsere Pritschen. Alles in allem hatten wir an die sechzig Mitbürger beglückt.

Am nächsten Abend, kurz nach dem Aufwachen, war das Wehklagen verständlicherweise groß. Ganz klar, dass die Ereignisse des vorangegangenen Morgens einige quälende Fragen aufwarfen.

Frage Nummer eins: Wie hatte das nur wieder passieren können? Frage Nummer zwei: Ab welchem Punkt waren die erzieherischen Bemühungen meiner Eltern eigentlich ins Leere gelaufen? Frage Nummer drei: Wen zur Hölle hatten wir überhaupt alles angerufen?

Raskolnikov war mir in dieser Hinsicht nur eine schwache Hilfe. Er behauptete der Einfachheit halber, sich ab dem Betreten meiner Herberge an nichts mehr erinnern zu können. Und so musste ich auf das zurückgreifen, was in den nächsten Tagen an Rückmeldungen hereinkam. Meist waren es Unmutsäußerungen, begleitet von der berechtigten Frage, ob wir noch bei Trost seien, beziehungsweise: *klarkämen*.

Keinen Monat später traf ich den Herausgeber einer kleinen Literaturzeitschrift aus Hamburg. Schon etwas älter, mit langem Haar und Fusselbart deutlich als Jünger von freier Liebe und Gemeineigentum auszumachen, berichtete er mir, dass er innerhalb von Wochenfrist seine Wohnung habe wechseln müssen.

Der Höflichkeit halber erkundigte ich mich nach dem Grund dieser Maßnahme.

»Weil ich Morddrohungen erhalten habe«, lautete die von schreckstarren Pupillen und flatternden Händen begleitete Antwort.

»Heiland! Von wem denn?«

»Von Mitarbeitern des BKA!«

»Oha! Das ist starker Tobak«, empörte ich mich.

Erst auf dem Heimweg kam mir in den Sinn, dass es sich bei den mordlüsternen Beamten um zwei mir namentlich bekannte Personen handeln könnte.

Dummerweise hielt das schlechte Gewissen, das mich daraufhin heimsuchte, nicht lange vor. Und so dauerte es keine zwei Wochen, bis das Böse erneut von mir Besitz ergriff. Wieder ging dem satanischen Treiben ein Literaturfestival voraus, wieder waren der Gerstensaft und seine heimtückischen Verwandten in rauen Mengen der Vernichtung anheim gefallen. Diesmal saß man allerdings in größerer Runde beisammen, und zwar in einem nicht gerade besenreinen Loch in einem Vorort von Münster.

Nachdem der Gastgeber schlecht belichtete Nacktfotos seiner damaligen Freundin herumgereicht hatte, fasste die anwesende Autorenschar den Plan, einige der zahllosen Frauenbekanntschaften zu kontaktieren, die eben dieser Gastgeber, der ein rechter Tausendsassa und Schürzenjäger war, in seinem nutzlosen Leben bis dahin gesammelt hatte. Die Wahl des Gesprächsführenden fiel auf mich, da ich leider über die Gabe verfüge, auch nach alkoholischer Überdosierung noch mit fester Stimme agieren zu können.

Entsprechend selbstgefällig ließ ich mir das Telefon reichen, und siehe da: Es sollte nicht lange dauern, bis ich die erste Probandin an die Strippe bekam.

»Ja?«, meldete sich eine tranige, weibliche Stimme.

»Hallo, sprech ich mit Verena?«

»Ja. Wer issen da?«

Ich nannte den ersten Namen, der mir einfiel.

»Hier ist Schorsch. Wir kennen uns nicht. Ich bin ein Freund von Hasso, von Hasso Ücker.«

»Sag mal, spinnst du?! Weißt du nicht, wie spät es ist?!« Die Stimme hatte deutlich an Lebhaftigkeit gewonnen.

»Tut mir leid, wenn ich dich geweckt habe, aber ich ruf nicht zum Spaß an. Hasso hat sich umgebracht.«

»*Was?*«

»Ja, gestern Abend. Eine Überdosis Insulin ...«

»*Was?*«

»Sie haben ihn noch ins Krankenhaus gebracht, aber er hat es nicht geschafft.«

»Sag mal, bist du wahnsinnig?! Hasso hat sich *umgebracht ...?*«

»Die Bullen haben einen Abschiedsbrief gefunden, der augenscheinlich an dich adressiert war, deshalb dacht ich, ich ...«

»'n Abschiedsbrief?! An mich?! Oh, Gott ...«, keuchte meine Gesprächspartnerin. Dann brach sie in Tränen aus.

Ich blickte in die Runde. Die versammelte Kollegenschar, die das Gespräch über Lautsprecher verfolgte, hatte Mühe, ausuferndes Gelächter zu unterdrücken. Da saßen sie nun, die gestörten Buben, die, von unserem Gastgeber einmal abgesehen, allesamt sexuell so ausgehungert waren wie Isolationshäftlinge, ja, deren Hoffnung, endlich mal ein Mädchen ins Bett zu bekommen, sich selbst nach einem *guten* Auftritt nicht erfüllte, und das obwohl sie doch einzig aus diesem Grund das Schreiben überhaupt erst begonnen hatten. Da saßen sie nun, diese Kretins, und hielten sich prustend die verhornten Wichsgriffel vor die Mäuler. Ich registrierte das mit einem tiefen Glücksgefühl und der Bereitschaft, diesen menschenverachtenden Spuk nicht so schnell zu beenden. Denn ich war einer von ihnen, ich war Teil dieser Therapiegruppe, dieser trostlosen Zweckgemeinschaft verpickelter Pavianärsche, die die verklebten Wonnestunden ihrer Adoleszenz nie hinter sich gelassen hatten.

»Warum er es getan hat, liegt im Moment noch im Dunkeln«, fuhr ich fort. »Er hatte wohl Erektionsprobleme.«

Von Verena kam dazu nichts mehr. Sie schluchzte einfach weiter, leise und rhythmisch wie ein Kind, das jeden Halt verloren hat, und es klang nicht so, als ob sie damit in Kürze würde aufhören können. Ich blickte zu Ücker hinüber. Er zuckte mit den Achseln. Also legte ich auf und ließ mir die nächste Nummer ansagen.

Insgesamt gab ich meine Geschichte in dieser Nacht achtmal zum Besten, wobei die Reaktionen jedes Mal dieselben waren: fassungsloses Entsetzen, Hilflosigkeit, Tränen. Eine meiner Gesprächspartnerinnen wollte sogar umgehend losfahren, um sich mit mir zu treffen.

Dieser letzte meiner Anrufe war es dann auch, der unseren Gastgeber einknicken ließ. Hatte er das Treiben eben noch mindestens wohlwollend verfolgt, so überkam ihn plötzlich einer dieser sentimentalen Schübe, wie sie gerade nach übermäßigem Spirituosenkonsum nur allzu oft zu verzeichnen sind.

»Habt ihr das gehört?!«, stammelte er. »Sie will herkommen. Mann, ich glaub, sie hat noch nicht mal 'nen Führerschein.« Dann nahm er mir den Hörer aus der Hand, um dem vollkommen verstörten Mädchen reinen Wein einzuschenken.

Als das erledigt war, arbeitete er den Rest der Liste ab.

Keine Frage, dass auch dieses Prozedere zur allgemeinen Heiterkeit beitrug, ja, sie sogar noch zu steigern vermochte. Nichts hätte unseren kaum verhohlenen Neid besser lindern können als dieser sich windende Wurm, der doch nichts weiter verbrochen hatte, als das zu besitzen, was wir anderen so dringend haben wollten: die Gabe, Frauen durch bloßes Reden zu erobern.

»Ja, es tut mir wirklich Leid ... Nein, wir haben nichts genommen. Oder doch ... Ja, ich *weiß*, dass das nicht witzig ist. Aber hör mal ... hör mal, ich hab in letzter Zeit ziemlich oft an dich denken müssen, weißt du. Nein ... Nein ... Ja, natürlich war das idiotisch ... Ja, natürlich müssen wir uns mal wieder treffen. Jetzt heul doch nicht schon wieder ...«

Es war ein unvergessliches Erlebnis, ein echtes Sinnesfest, ein alkoholseliger Taumel entfesselter Grausamkeit – übertroffen nur noch von den Schamgefühlen, die mich am nächsten Tag während der Heimreise im Zug überkamen.

Drei Farben Mett

Während er mit steifen Gliedern tapfer ausschritt, zog sich Scharlach fröstelnd die Kapuze über den Kopf. Er hatte nicht wenig vermisst in den langen Jahren seiner Abwesenheit; das deutsche Novemberwetter und seine Fähigkeit, die feuchte Kälte durch jedes noch so kleine Schlupfloch zu pumpen, hatten nicht dazu gehört. Nicht, dass es in Mittelamerika an Nässe gemangelt hätte, zumindest in der Regenzeit - jeden Brief, jedes Buch musstest du dann in Plastik schlagen, damit das Papier nicht dem Schimmel anheim fiel - aber es hatte nicht einen Moment gegeben, an dem ihm das Klima dermaßen feindlich vorgekommen war.

Die Anziehungskraft der Fußbodenheizung, deren Segnungen er gerade noch genossen hatte, stieg ins Unermessliche, aber seine Neugier ließ ihn voranstapfen.

Bevor er den Kontinent gewechselt hatte, war er fester Bestandteil der Berliner Hausbesetzerszene gewesen. Dabei hatte er an so vielen Demonstrationen teilgenommen, dass er nicht mehr hätte sagen können, wogegen sich die letzte gerichtet hatte: den Reagan-Besuch oder den IWF-Gipfel. Jetzt war er mehr als gespannt, wie derartige Veranstaltungen heute abliefen. Sicher nicht mit derselben Militanz wie in den 80ern. Erinnerungen an Hassmasken, Zwillen und Stahlkugeln erfüllten ihn für einen Moment mit einer neunundsechzigprozentigen Mischung aus Sehnsucht und Herablassung. Daneben aber spürte er längst das Aufkeimen dieser köstlichen Erregung, die ihn noch jedes Mal befallen hatte, wenn Auseinandersetzungen anstanden, die körperliche Schäden oder den Verlust der Bewegungsfreiheit nach sich ziehen konnten.

Immerhin sollte es heute gegen Nazis gehen. Und dass die seit dem Suizid der DDR mächtig an Zulauf gewonnen hatten, war selbst bis nach Costa Rica durchgedrungen. Natürlich hatte es auch vor zwanzig Jahren faschistische Aktivitäten gegeben. An den angekündigten Treffpunkten für ihre Parteitage und Aufmärsche tauchten die braunen Backen im Normalfall allerdings gar nicht erst auf, und wenn doch, waren es selten mehr als ein oder zwei Dutzend, die hauptsächlich ihre Fähigkeiten im Mittelstreckenlauf verbessern durften. Scharlach erinnerte sich an einen Soldatenfriedhof in der Lüneburger Heide, wo sie mit circa tausend Leuten auf eine Abordnung der FAP gewartet hatten. Kaum dass die mit Ehrenkränzen und Trommelbegleitung um die Ecke gebogen war, hing sie in ihrer Gesamtheit auch schon an den Türen der Bullenwannen, die mit Vollgas versuchten, ihre panische Fracht aus der Gefahrenzone zu schaffen. Ein paar hatten sie dennoch erwischt und ihnen aus den Trommeln hübsche Halskrausen gebastelt. Normalerweise aber waren Anti-Nazi-Demonstrationen ausnehmend langweilig verlaufen. In dieser Hinsicht hatte sich *bestimmt* etwas getan. Ein Umstand, der ihm nur recht sein konnte. Seit der Beerdigung fühlte er sich ungewohnt reizbar, und die sterile Wohnung mit ihrem dezent zur Schau gestellten Wohlstand, die ihm sein Vater hinterlassen hatte, trug nicht dazu bei, diesen Zustand zu lindern.

Er hatte unterdessen die S-Bahn-Station erreicht und ließ seinen Zeigefinger über den ausgehängten Routenplan wandern. Fünfzehn Jahre mochten vergangen sein, seitdem er den Ostteil der Stadt zum letzten Mal betreten hatte. Und auch wenn er sich an das ein oder andere Detail noch erinnerte – es hatte eine Zeit gegeben, da waren sie regelmäßig über die

Grenze gefahren, um den realsozialistischen Bierpreisen Tribut zu zollen –, so würden ihm die damals gewonnen Ortskenntnisse heute wohl nicht mehr viel nützen.

Er fand die gesuchte Linie schließlich, unterließ es aus alter Gewohnheit, sich ein Ticket zu kaufen, und begab sich auf die Rolltreppe. Der gestern an einer Straßenlaterne entdeckte Aufkleber hatte nicht mehr als den Namen einer Haltestelle preisgegeben. Von dort aus würde er sich durchfragen müssen.

In der Bahn herrschten Saunatemperaturen, die nur im ersten Moment wohltuend waren. Die menschliche Fracht dünstete in nassen Jacken vor sich hin und sorgte für beschlagene Scheiben. Nichts in dieser Masse verquollener Gesichter vermittelte Scharlach das Gefühl, sich auf dem Weg zu einem außergewöhnlichen Ereignis zu befinden.

Das änderte sich, als er ausgestiegen war. Zwei Waggons vor ihm traten fünf junge Männer auf den Bahnsteig, die unschwer als Geistesverwandte zu identifizieren waren. Sie trugen die althergebrachte Autonomenkluft: Arbeitshosen, Kapuzenpullover, Handschuhe, alles ausnahmslos schwarz. Zwei von ihnen hatten sich zudem so genannte Palitücher um den Hals gewickelt. Ungewohnt waren die Baseballkäppis (ebenfalls schwarz), aber die waren vielleicht dem Zeitgeist geschuldet. Auch wirkte das Quintett bei aller Lässigkeit seiner Garderobe ausnehmend ordentlich, ja beinahe gepflegt. Schon diese im Nacken sittsam gestutzten Frisuren ... Scharlach vermisste einfach eine gewisse Schäbigkeit – dieses Abgewetzte, dieses Unsaubere, das ihn und seine Freunde seinerzeit ausgezeichnet hatte. Dennoch beeilte er sich aufzuschließen.

Er hatte die fünf fast erreicht, als einer von ihnen plötzlich anfing, etwas zu skandieren. Konnte es wohl nicht abwarten, das Greenhorn. Im ersten Moment glaubte Scharlach sich verhört zu haben, aber nach der dritten Wiederholung war auch der letzte Zweifel ausgeräumt. »Solidarität mit Afghanistan!«, lautete der Schlachtruf, der da über den Bahnsteig hallte.

Scharlach hielt inne. Solidarität war ja ein durchaus gebräuchlicher Begriff in der Linken. Aber wieso ausgerechnet mit Afghanistan? War dort nicht gerade ein komplett rückständiges Regime in den Arsch getreten worden? Scheinbar hatte er einiges an ideologischen Entwicklungen verpasst. Kurz war er versucht, seine Verwunderung in eine Frage münden zu lassen, aber ein ungutes Gefühl, das ihm für den Bruchteil einer Sekunde wie ein Kettenfahrzeug durch die Eingeweide rasselte, ließ ihn zögern. Stattdessen beschloss er, das seltsame Gespann vor der beabsichtigten Kontaktaufnahme noch eine Weile zu beobachten. Und er tat gut daran.

Denn kaum dass sie in eine Unterführung eingebogen waren, ereignete sich etwas *wahrhaft* Merkwürdiges. Das Skandieren brach ab, stattdessen hörte man einen der fünf etwas brüllen, das so klang wie *Achtundachtzig, Kameraden!* Diesen Worten folgte vielstimmiges Hallogeschrei.

Es entstammte, wie Scharlach erst jetzt sehen konnte, den Kehlen von etwa zwanzig Gestalten, die sich, umrahmt von einem Rudel Bereitschaftspolizisten, am Ende der Unterführung versammelt hatten. Dass es sich bei dieser Zusammenrottung nur um Faschos handeln konnte, war auf den ersten Blick zu erkennen, allzu martialisch war der Kleidungsstil, allzu dümmlich kamen die Visagen daher. Der mitgeführten NPD-Plakate mit der Aufschrift *Arbeit zuerst für Deutsche* hätte es gar nicht mehr bedurft. Anstatt dass jetzt aber eine Hetzjagd auf die Schwarzgekleideten entbrannte, ergingen sich beide Gruppen in herzlichen Begrüßungs- und Verbrüderungsszenen. Scharlach erstarrte, sah sich außerstande, das Geschehen zu begreifen. Was sollte das darstellen? Etwa die Verwirklichung dieser unsäglichen Querfrontstrategie, von der vollkommen abseitige Theoretiker schon in den späten Siebzigern fabuliert hatten?

Aber halt: Stand achtundachtzig nicht für *Heil Hitler?* Und hatte diesen Gruß nicht einer der vermeintlichen Antifaschisten gebraucht? Waren das also lupenreine Neonazis, die sich nur verkleidet hatten? Aber warum hätten sie das tun sollen? Scharlach kam nicht dazu, diese Frage weiterzuverfolgen, da ihn der Pöbel unterdessen bemerkt hatte.

»Was glotzt'n so? Willste aufs Maul?«, rief ein etwa vierzehnjähriger Scheitelträger zu ihm hinüber, der in seiner Gnomenhaftigkeit beinahe unwirklich schien.

Unter anderen Umständen hätte diese surreale Szene Scharlach vielleicht ein Lächeln entlockt, heute wandte er sich wortlos ab. Er war einfach zu verstört ob der beobachteten Maskerade. Seine Umgebung nahm er erst wieder wahr, als er durch den gegenüberliegenden Ausgang ins Freie trat. Der Anblick einer Imbissbude zwängte sich in sein püriertes Bewusstsein. Früher hatte er sich vor Demos strikt an ein selbst auferlegtes Alkoholverbot gehalten, nun war der Moment gekommen, dieses heilige Prinzip über Bord zu schmeißen. Er kaufte sich zwei Dosen *Berliner Pilsener*, von denen er die erste sogleich in Angriff nahm.

Dankbarerweise hatte der Regen mittlerweile nachgelassen. Aber noch waren Scharlachs Klamotten nicht getrocknet. Hätte ihm jemand lange Unterhosen angeboten, er hätte nicht gezögert, sie anzunehmen. Offenbar wurde er alt.

Während er seine Jacke nach Tabak durchsuchte, um sich wenigstens das Gemüt zu wärmen, fielen ihm zwei Punks auf, die zielstrebig über den Platz marschiert kamen. Vielleicht konnten die ihm weiterhelfen. Es würden ja nicht plötzlich *alle* getarnt durch die Gegend laufen. Oder doch? Er wies seine Paranoia in die Schranken und trat den beiden in den Weg.

»Hey, Alter. Haste was Bier?«, quoll es ihm entgegen, noch bevor er überhaupt den Mund geöffnet hatte.

Scharlach atmete auf. Na, also. Die hier waren *echt*.

Er drückte dem Fragesteller die angebrochene Dose in die Hand und erkundigte sich vorsichtig nach dem geplanten Aufmarsch, besser gesagt: nach eventuellen Gegenaktivitäten zu demselben.

»Ja, ersma in die Nähe der Nasen, ne. Mindestens in Wurfweite«, lautete die gniggelnd vorgetragene Auskunft. Dann beschrieben sie ihm in groben Zügen die einzuschlagende Richtung. Sie selber würden später nachkommen, wollten sich erst noch mit *was Hartalk* eindecken, *ne*.

Während Scharlach der angewiesenen Route folgte, ließ er sich das Gehörte auf der Hirnrinde zergehen. Nasen hießen die Faschos jetzt also. Eine Schmähung, die ihm nicht so recht in den Sinn wollte, der Ausdruck klang einfach zu sehr nach Stürmerjargon. Na, Punkrocker hatten ja schon immer einen eher eigentümlichen Humor an den Tag gelegt. Erstaunlich eigentlich, dass es überhaupt noch welche gab ...

Nach einer Strecke von vielleicht anderthalb Kilometern zeigten ihm die ersten am Straßenrand geparkten Einsatzfahrzeuge, dass er sich auf dem richtigen Weg befand. Naturgemäß wartete am Ende dieses Weges ein Riegel schwer gepanzerter Ameisen. Und davor nun endlich: die nach dem Erlebnis in der Bahnhofsunterführung fast schon herbeigesehnten Gegendemonstranten. Hundertfünfzig mochten es sein, die sich hier, dem widrigen Wetter zum Trotz, an der Einmündung zu einer vierspurigen Straße versammelt hatten und die anwesenden Sicherheitsorgane mit deutschem Liedgut unterhielten: »Ob Grün, ob Braun – Nazis auf die Fresse hau'n!«

Die Bullen schoben ein bisschen, ansonsten aber blieb es friedlich. Scharlach sah sich um: erfreulich viele junge Gesichter, sogar einige Schüler darunter, die ihre bunt bemalten Pappschilder offenbar im Kunstunterricht verfertigt hatten. Seine Generation war weniger stark vertreten. Menschen, die ihm bekannt vorgekommen wären, waren gleich gar nicht zu entdecken. Aber das hatte er auch nicht erwartet. Ja, letztendlich freute es ihn mehr, als dass es ihn trübsinnig stimmte. Nichts schien unangenehmer als ein Austausch halbgarer Lebensbeichten, zu groß die Gefahr, im Angesicht des Anderen beweisen zu müssen, dass von der alten Radikalität nichts verloren gegangen war. Nicht umsonst hatte er es bisher unterlassen, sich bei einem seiner ehemaligen Freunde zu melden. Ohne Begleitung hier herumzustreifen, vermittelte ihm ein unbekanntes aber wohltuendes Gefühl, das er, wäre er gefragt worden, nur mit dem Begriff *touristisch* hätte belegen können. Er konnte gehen, er konnte bleiben. Er war zu nichts *verpflichtet*.

Zuallererst unterzog er die Bullen einer Musterung, von denen ein paar wie Ninjaturtles aussahen. Das war nicht neu - schließlich gab es Satellitenfernsehen -, bekam aber aus nächster Nähe betrachtet noch mal eine andere Dimension. Dann weckten ein paar hochgehaltene Israel-Fahnen seine Aufmerksamkeit. Verdammt, was waren das nun wieder für welche? Zionisten? Nicht dass er für die einstmals so penetranten Antiimps etwas übrig gehabt hätte, aber ging das hier nicht ein wenig zu weit? Nationalflaggen auf einer antifaschistischen Demonstration? Er schob sich näher an die aus etwa zehn Personen bestehende Gruppe heran. Rein äußerlich wirkten sie ganz normal, das heißt: Sie sahen in etwa so aus, wie er sich Linksradikale vorgestellt hatte, zumindest bevor er den fünf kostümierten Spinnern begegnet war. Allgemeiner Beliebtheit schienen sich die Israelfreunde allerdings nicht zu erfreuen; von den Umstehenden mussten sie sich fortgesetzte Schmähungen gefallen lassen.

»Lasst euch doch gleich von den *Marines* anwerben!«, rief ein erbostes Mädchen mit Dreadlocks und Rastamütze.

Andere wollten die *Kriegshetzer* am liebsten in die *besetzten Gebiete* ausweisen.

Daraufhin entbrannten wüste Diskussionen darüber, wer

nun die größeren Grausamkeiten beging, die israelische Armee oder die palästinensischen Selbstmordattentäter.

»Und was ist mit den Kindern? Was ist mit den Kindern, die sie erschossen haben?«

»Hör mal, hier geht es um das Existenzrecht *Israels*!«

»Ja, aber das ist doch kein Freibrief für staatlichen Terror und Vertreibung.«

»Vertreibung, so, so. Das empört den deutschen Mob natürlich. Da muss der aufrechte Antisemit, da muss der völkische Kleingeist natürlich sofort die Fresse aufreißen.«

Scharlach versuchte das Gehörte zu bewerten, konnte sich aber einer gewissen Entfremdung nicht erwehren. Das Ganze schien in etwa so sinnstiftend zu sein, wie das Wintertraining in diesem Ruderverein, in den er mit neun Jahren hatte eintreten müssen. Es gab da dieses fest in ein Schwimmbecken installierte Boot, in dem sie unter den Augen ihres Trainers eine geschlagene Stunde lang hatten knechten müssen, ohne auch nur einen Zentimeter von der Stelle zu kommen. Was hier an Argumenten ausgetauscht wurde, würde denen, die justament in irgendeinem Bus in Stücke gefetzt wurden, genauso wenig helfen wie jenen, die ihr Haus an die Ketten einer Planierraupe verloren hatten. Gänzlich unverständlich fand er die Heftigkeit, mit der der Streit geführt wurde. Religiöse Eiferer hätten sich in diesem Diskussionsklima wie zu Hause gefühlt. War alles ein bisschen viel heute. Zu allem Überfluss schlug nun auch noch seine Blase Alarm. Er hätte das Bier nicht trinken sollen.

Gerade als er den Entschluss gefasst hatte, sich nach einem Baum oder einem ruhigen Hauseingang umzusehen, meldete sich hinter ihm ein lautstarker, rhythmischer Chor: »Stoppt Sharon! Stoppt den Krieg! Intifada bis zum Sieg!«

Natürlich! Die Antiimps! Wäre ja auch ein Wunder gewesen, wenn die während seiner Abwesenheit alle in der Versenkung verschwunden wären.

Innerhalb von Sekundenfrist sah sich Scharlach von den Neuankömmlingen umringt, die energisch gegen die Gruppe mit den Israelflaggen anbrandeten. Die konterte mit *Solidarität für Israel*-Sprechchören und *Bomber Harris, do it again*-Rufen.

Gleichermaßen fasziniert wie abgestoßen nahm Scharlach zur Kenntnis, dass die Wortgefechte daraufhin noch einmal an Fahrt gewannen. Und während sich um ihn herum nun alles gegenseitig als *Nazi* und *Rassist* beschimpfte, näherten sich plötzlich die, die gegen derartige Bezeichnungen wohl nur nach außen hin etwas einzuwenden hatten.

»Hier marschiert der nationale Widerstand!«, hallte es schnarrend von den Wänden wider. Dann war der bizarre Spuk auch schon in Sichtweite. Zwei- bis dreihundert mochten es sein, darunter eine ganze Anzahl im »autonomen« Streetfighterlook. Auch ein paar der Transparente verrieten ihre geistige Urheberschaft erst auf den zweiten Blick. Da war in den letzten Jahren anscheinend einiges kopiert worden.

Die Protestierenden machten nun ihrerseits Lärm, ließen die obligatorischen *Nazis raus*- und *Haut ab! Haut ab*-Rufe erklingen. Vereinzelt flog wohl auch ein bisschen altes Obst. Nur dort, wo Scharlach stand, wollte den Vorbeimarsch niemand zur Kenntnis nehmen. Allzu heftig war der Disput um Hamas-Aktivisten und Sharons Siedlungspolitik mittlerweile geworden. Einzig ein Jugendlicher aus der ersten Reihe, der sich bis eben noch wohltuend ruhig verhalten hatte, sah den Moment zum Handeln gekommen.

Eine minimale Lücke in der Polizeiabsperrung nutzend (die nicht zuletzt dadurch entstanden war, dass die Pro-Palästina- und die Pro-Israel-Fraktion mittlerweile begonnen hatten, miteinander zu rangeln), sprang er plötzlich in den braunen Zug hinein und entriss einem sichtlich überraschten »Volksgenossen« das mitgeführte NPD-Plakat. Bei dem Versuch, in die schützende Menge zurückzukehren, stolperte er allerdings und hatte, bevor er sich aufrappeln konnte, auch schon die ersten Faschos im Genick.

Scharlach versuchte die Umstehenden auf diesen offensichtlichen Notstand aufmerksam zu machen, erntete aber nichts als Hohn.

»Geh woanders spalten, Zionist!« und »Halt die Fresse, Palischwein!« wurde ihm beschieden.

Und da fiel mit einem Mal jegliche Verwirrung von ihm ab, und wo eben noch Kälte, Frustration und Harndrang regiert hatten, übernahm ein zigmal trainierter Automatismus das Regiment. Kurzerhand teilte er ein paar Ellenbogenstöße aus und kämpfte sich zu dem am Boden Liegenden vor. Der war mittlerweile unter einer ganzen Traube von Gegnern begraben und gab beklemmende Laute von sich. *Aber keine Sorge, gleich würde ihm Hilfe zuteil werden.* Scharlach hatte schon ausgeholt, um das Knäuel aus kahlen Schädeln und runenbeschrifteten Jacken mit dem Fuß zu bearbeiten, als er plötzlich einen stechenden Schmerz im Nacken verspürte. Noch im Wegducken erhielt er einen zweiten Schlag, diesmal auf die Lenden. Dann fiel er seitlich aufs Pflaster.

Als ihn vier behandschuhte Hände in die Höhe rissen, zuckte ihm eine beinahe beruhigende Erkenntnis durch den Denkapparat: Mochte sich auch vieles gewandelt haben in den Jahren zwischen seinem Weggang und dem Ableben seines Vaters, mochten Rechte mittlerweile aussehen wie Linke, mochten die Positionen eben dieser Linken verwirrender sein denn je, *eine* Konstante würde es immer geben: die einseitige Sehschwäche der Staatsgewalt. Ja, auf die Bullen und ihr Schlagwerkzeug würde auch nach *seinem* Ableben noch Verlass sein.

Einen Fußbreit im Delir

Aus der Reihe: Mein größtes Waterloo

Ich hatte zum wiederholten Mal einer Universität einseitig die Zusammenarbeit aufgekündigt und saß nun meinen ehemaligen Erziehungsberechtigten gegenüber, um darüber zu verhandeln, welche Möglichkeiten mir blieben, um mich weiterhin an der steten Glut ihrer finanziellen Zuwendung zu wärmen.

»Mach doch was Medizinisches. Du hast doch als Kind immer so gern mit toten Tieren gespielt«, schlug meine Mutter vor, die meine Talente seit dem Tag verkennt, an dem ich im unschuldigen Alter von sechs Jahren gegen meinen tränenreichen Widerstand zum Glockenspielunterricht beim Spielmannszug Groß Ösingen anzutreten hatte.

»Oder 'nen LKW-Führerschein. Da hast du was Reelles«, warf mein Alter ein.

Auch wenn die letztgenannte Empfehlung unzweifelhaft ihre Vorzüge besaß – zum Beispiel den dauerhaften, von jeder ethischen Wertung befreiten Verzehr nitrithaltiger Schlachtereiprodukte –, war ich nicht wirklich überzeugt.

Nach jahrzehntelangem Taschenbillard in ungezählten Bildungsinstitutionen schwebte mir mittlerweile eine Tätigkeit vor, die gänzlich ohne Ausbildung daherkam. Keine Frage, dass ich den Berufsberater in mir im Vorfeld der Verhandlungen bereits einem strengen Verhör unterzogen hatte. Dessen Ergebnis lautete wie folgt: Ich musste unter die Kulturschaffenden gehen. Da bekam man Mädchen satt, hatte immerhin die *theoretische* Chance, irgendwann einen Whirlpool mit eingebauter Bar zu besitzen, und ein Numerus clausus existierte erst gar nicht.

Nun verfüge ich weder über musikalische Fähigkeiten (mein Frondienst beim Spielmannszug hatte in dieser Hinsicht absolut kontraproduktiv, ja nachgerade traumatisch gewirkt), noch kann ich einen Klumpen Ton derart umgestalten, dass er unter meinen Mitmenschen Freude und Wohlgefallen auszulösen in der Lage wäre. Demgemäß reduzierte sich der Markt der Möglichkeiten auf einen letzten Restposten, den ich jetzt mit zitternder Stimme der Kundschaft ans Herz zu legen versuchte.

»Ich werde Bestellerautor.«

»Ach!« Meine Mutter warf mir einen überraschten Blick zu. »So wie dieser Walser?!«

»Na, so ungefähr ...«

»Kommt gar nicht in die Tüte«, stieß mein Vater aus. »Eher kauf ich dir 'n Ecstasy-Labor.«

»Na gut. Dann nehm ich das.«

Am Ende einigten wir uns auf Folgendes: Ich würde ein halbes Jahr Zeit bekommen, um Emm und Pe einen Beweis für die Aufrichtigkeit meines Begehrens zu liefern. Sollte dies nicht gelingen, hätte ich zu Kreuze zu kriechen, sprich eine Schlosserlehre zu machen oder fürderhin auf die elterliche Unterstützung zu verzichten.

Nun sind sechs Monate mehr als wenig, also machte ich mich noch am selben Tag ans Werk. Ich schrieb eine Hand voll Kurzgeschichten, die, zweifellos durch den Straßenfeger *Ein Zombie hing am Glockenseil* inspiriert, allerlei unbrauchbar gewordenes Gedärm zum Inhalt hatten, und schickte sie an sechs mir bekannte Großverlage. Dann hieß es warten.

Während ich meinen gewohnten Beschäftigungen nachging, sprich mit allen der Jugend gebotenen Mitteln Zeit totschlug, ließ es sich nicht verhindern, dass mein Seelenheil des

Öfteren von betörenden Vorstellungen des kommenden Ruhmes in Aufruhr versetzt wurde. Ich sah mich bereits mit zum Beispiel den Coen-Brüdern wegen der Filmrechte verhandeln, ja, sah mich schon auf die Besetzungsliste Einfluss nehmen (vielleicht könnte ich sogar selbst eine kleine Rolle …?) und schon bald ertappte ich mich dabei, wie ich das mittägliche Erscheinen des Postboten mit einer Inbrunst erwartete, die der eines Zwölfjährigen gleichkam, der sich aus Vatis *Orion*-Katalog heimlich einen ehehygienischen Lehrfilm bestellt hat.

Umso größer war meine Empörung, als mich nach drei Wochen endlich eine erste Antwort erreichte.

Ich weiß nicht mehr welcher Verlag es war, der da so tollkühn mein Genie zu missachten wagte. Aber sie wagten es, die nichtswürdigen Narren. Das vorgedruckte Schreiben war zwar höflich formuliert, lief aber auf eine deutliche Ablehnung hinaus. Es wanderte augenblicklich in den Rattenkäfig, wo es von Mischnick, meinem getreuen Hausgenossen, zu Konfetti verarbeitet wurde.

Na, die würden sich noch umgucken, diese Kretins. Ich legte eine schwarze Liste an, setzte das ignorante Unternehmen auf Platz eins und beschloss im selben Augenblick, der Konkurrenz umso größeren Reibach zu bescheren.

Leider litt aber auch die an irreparablem grauen Star und fortgeschrittener Demenz. So lautete zumindest eine erste Kurzdiagnose, nachdem fünf weitere vorformulierte Absagen meinen Briefkasten passiert hatten.

Ich nahm sechs *Rohypnol*, die ich mit einer Flasche Raki hinunterspülte, konnte die Erkenntnis, dass meine Bemühungen ins Leere gelaufen waren, aber nicht vollständig auslöschen. Von welcher Warte aus ich das Debakel auch betrachtete, der Buchvertrag, mit dem ich meine Eltern hatte beeindrucken wollen, war scheinbar schwerer zu bekommen als eine Erlaubnis zum Dynamitfischen. Es musste also etwas anderes her. Aber was?

Ich ließ dem Raki zwei *Diazepam* folgen und las die Kontaktanzeigen in der *Zeit*. Dann hatte ich es: Ein schmucker Literaturpreis würde nicht *minder* Eindruck schinden. Blieb nur zu klären, wie und wo ein solcher Preis zu ergattern war.

Ich beschloss, eine Anfrage an meine ehemalige Deutschlehrerin zu richten und siehe da, die gute Frau ließ prompt von sich hören.

»Werter Herr Oblomov«, schrieb sie. »Ihr Ansinnen habe ich mit einigem Erstaunen zur Kenntnis genommen, deutete doch während Ihres Aufenthalts an unserem Lyzeum nichts aber auch gar nichts darauf hin, dass Sie je unter die Dichter gehen würden. Ich wünsche Ihnen dennoch viel Glück.«

Ich dir auch, alte Puffmusikantin, dachte ich bei mir, dann unterzog ich die beigefügte Fotokopie einer Prüfung. Es handelte sich um die Einladung zu einem Lyrikwettbewerb, ausgeschrieben von einem Verein namens *Initiative Junger Autisten* mit Sitz in München. Das vorgegebene Thema lautete *Blau*.

Blau also, das musste doch zu machen sein. Ich sah meine Deutschlehrerin bereits auf ihren arthritischen Knien um Vergebung bitten, griff mir Papier und Stift und gebar per Kaiserschnitt einen packenden Vierzeiler:

Blau der Vater nach harter Plackerei
blau Mutters Auge nachts um halb drei
blau auch der Faden an ihrem OB
blau bin auch ich, den Kopf im WC

Zur Sicherheit fügte ich noch eine kubistische Version hinzu:

Blau ist die Mutter nach vier Jahren Bau
blau auch der Vater, Mutter schreit: Sau!
blau ist der Sohn, das bin leider ich
blau ist als Farbe recht fürchterlich

Es wird niemanden überraschen, dass ich zu den Gewinnern zählte; wie im Übrigen fünfunddreißig weitere der dreiundvierzig Einsender.

Leider war, wie ich alsbald erfuhr, kein Geldpreis ausgelobt worden. Stattdessen erhielten die, die der Finger des Allmächtigen berührt hatte, eine Einladung nach Regensburg, um dort in einem dreitägigen Seminar ihre Fertigkeiten zu verbessern. Das hörte sich nach trostlosen Exerzitien an; zumal ich an meinen Fertigkeiten nichts auszusetzen fand. Dennoch entschloss ich mich, die Reise anzutreten. Möglicherweise gab es ja vor Ort noch etwas abzugreifen; die ein oder andere Urkunde vielleicht oder gar einen ziselierten Zinnbecher.

Außerdem – und das gab mir den meisten Schub – würde ich zum ersten Mal in meiner kurzen Karriere auf Kollegen treffen. Dieses Ereignis durfte ich mir auf keinen Fall entgehen lassen.

Also machte ich mich an die Vorbereitungen. Ich erwarb fünf Gramm Kokain und zehn Gramm Amphetamine, sowie eine größere Ecke roten Libanesen. Des Weiteren füllte ich drei zu je zwei Dritteln entleerte Flaschen Orangensaft mit Wodka auf.

Warum ich das tat? Ganz einfach. Stimulanzien aller Art sind das Lebenselixier des Schriftschaffenden – das wusste ich aus meinem eigenen Alltag – und so erschienen mir meine Einkäufe für ein Dichtertreffen, das ich mir nicht anders als ausschweifend und promiskuitiv vorstellen konnte, geradezu unverzichtbar.

Derart aufs Beste präpariert, reiste ich an einem Freitagnachmittag im überraschend leeren ICE *Susanne Albrecht* gen Süden.

Ich nippte am selbst gemixten Erfrischungsgetränk, während ich mir im Geiste bereits die zu erwartenden nächtlichen Exkursionen in die Körperöffnungen fremder Dichterinnen ausmalte. Außerdem sorgte ich für ein bisschen Reklame, indem ich meinen Namen und meine Telefonnummer in den zu meinem Platz gehörenden Klapptisch ritzte. Kurz: Ich fühlte mich wie der junge Keith Richards auf dem Weg zur alljährlichen Blutwäsche. Eine Stimmung, die sich mit zunehmender Flüssigkeitszufuhr noch verstärkte.

Einen ersten Dämpfer erhielt meine Euphorie, als ich schließlich, in Regensburg angekommen, in der gecharterten Droschke am Tagungsort vorfuhr. Vor dem betonierten Grauschleier einer Volkshochschulfiliale drückte sich ein Klumpen Volk herum, der auf mich so bieder wirkte wie ein Bauernfrühstück. Von Exotik keine Spur; Rollkragenpullover, Hornbrillen und sauber gescheiteltes Haupthaar regierten die Szenerie. Nicht wenige der Wartenden trugen Aktentaschen unterm Arm. Wenn das die zukünftige literarische Elite dieses Landes darstellen sollte, galt es schnellstmöglich die Luftwaffe zu rufen. Ich nahm mich mit meinem *Bukowski was a gas*-Shirt gegen diese Ansammlung von Sparkassenlehrlingen so fremdartig aus wie ein Sumoringer beim Voltigieren. Aber vielleicht war dies ja gar nicht das Dichtertreffen, vielleicht hatte der Taxifahrer mich bloß vor der falschen Hausnummer abgesetzt.

Ich richtete eine entsprechende Frage an die Umstehenden und erntete erstaunte bis herabwürdigende Blicke. Schließlich zeigte sich eine gedrungene Schwarzhaarige mit einem sackartigen Oberteil, das den Wirtssitz für eine selbst gemachte Marienkäferbrosche bildete, geneigt, mir eine Antwort zuteil werden zu lassen.

»Du suchst die *Autorenschmiede*?! Ja, da bist du hier richtig.«

Oder auch nicht! Ich beschloss, augenblicklich die Heimreise anzutreten und wollte mich schon mit kühlem Gruß zum Gehen wenden, als mich eine Erscheinung innehalten ließ, die ich bisher noch gar nicht bemerkt hatte – ein Mädchen, so lieblich wie die zerberstende Schaufensterscheibe einer Bankfiliale.

Halb verborgen von einer Gruppe weiterer Stubenhocker stand sie da und adelte die sie umgebende Jauchegrube mit einem Gesicht, für das der Durchschnittsbürger mindestens drei Dutzend Operationen zu überstehen hätte. Umrahmt wurde die erlesene Elfenbeinschnitzerei von einer Flut langer, rot gefärbter Locken. Der geschmeidige Körper steckte in einem kurzen Rock und einem armlosen, bauchfreien T-Shirt, das den Blick auf ungezählte Tätowierungen freigab. Ich starrte in ihre Richtung wie ein Schiffbrüchiger, der eben die Rauchfahne eines Walfängers entdeckt hat und - oh, göttliches Mysterium - direkt neben ihr befand sich ein zweites, nahezu identisches Exemplar. Offensichtlich die Zwillingsschwester. Einzig die Farben der Klamotten und der Patronengurt, den die zweite lose um die Hüften trug, ließen eine Unterscheidung zu.

Wie hatte es in der Einladung geheißen?! Wir sollten unsere Fertigkeiten verbessern? Endlich verstand ich, was es damit auf sich hatte. Bei diesen beiden Speerspitzen der Evolution würde auch die letzte meiner daniederliegenden Fertigkeiten zur Blüte erwachen. Soviel war sicher.

Keine Frage, dass ich mich zum Bleiben entschloss.

Ich kramte in den zugemüllten Ecken meines Gehirnkästchens bereits nach einer möglichst raffinierten Gesprächseröffnung, als plötzlich eine Dame mittleren Alters in unsere Wartezone hineingaloppierte. Sie war in eine Art Poncho gewandet und mit Ohrringen beschwert, die ein Zehnjähriger mit einer Hand nicht hätte heben können.

»Ah, die jungen Poeten. Willkommen, willkommen«, kreischte sie, das Gesicht rotfleckig wie eine Schlachterschürze. »Entschuldigen Sie, dass Sie warten mussten. Aber nun wollen wir sogleich frisch ans Werk.«

Bei diesen Worten hatte sie bereits die Tür aufgeschlossen und nun lotste sie uns ins Innere des Bildungsbunkers, genauer gesagt in einen dieser kargen Räume, deren Inhalt einzig und allein aus Pulten, Stühlen und Angstschweiß besteht. In diesem hier war die Möblierung kreisförmig aufgebaut.

Nachdem wir aufgefordert worden waren, Platz zu nehmen (ein Unternehmen das ich insofern erfolgreich abschloss, indem ich mich den Zwillingsschwestern direkt gegenüber setzte), feuerte die Ponchobesitzerin, die sich als Frau Dr. Elisabeth Plate-Filbinger vorstellte, eine kurze Begrüßungsrede ab.

»Liebe Debütanten, liebe Freunde der Dichtkunst. Ohne Zweifel beweist allein schon die Tatsache, dass Sie eine Einladung zu diesem Workshop erhalten haben, Ihr enormes Talent. Aber kein Talent, das nicht auch bewässert und gedüngt werden möchte. In den nächsten zwei Tagen werden wir intensiv miteinander arbeiten. Es sei Ihnen aber versichert, dass es auch an Gelegenheiten zum kollegialen, ja zum geselligen Austausch nicht mangeln wird. In diesem Sinne wünsche ich uns allen ein gutes Gelingen.«

Das mit dem geselligen Austausch gefiel mir, das mit dem intensiven Arbeiten eher weniger.

Ich bekämpfte die aufsteigende Unlust mit einem kräftigen Schluck Wodka-Orange. Dann war es an uns Eleven, sich vorzustellen.

Es galt eine kurze Beschreibung der eigenen Person abzugeben, danach sollte das eingesandte Gedicht vorgetragen werden.

Die biographischen Ausführungen begannen mich schon bald zu langweilen, bestätigten sie doch sämtliche meiner in der letzten Viertelstunde aufgebauten Vorurteile. Kein einziger, der nicht das Abitur besaß, nicht wenige, die ihr Seelenheil bereits einem begonnenen Germanistikstudium oder einem Kursus für kreatives Schreiben geopfert hatten. Von den vorgetragenen Gedichten verstand ich keine einzige Zeile.

Selbst die Zwillingsschwestern waren in dieser Hinsicht eine Enttäuschung. Die eine beschrieb in schlichten Versen den Harnleiter ihres verstorbenen Großvaters, die andere hatte sich die Achselbehaarung von Lothar Matthäus zum Thema genommen.

Wenigstens konnten sie in ihrer Biographie auf eine Besonderheit verweisen. Beide waren polnischer Herkunft.

Als ich an die Reihe kam, hatte ich längst beschlossen, das hausbackene Auditorium mit einer Aufzählung wüster Unwahrheiten zu befremden.

»Ich bin das neunte Kind philippinischer Einwanderer«, begann ich. »Mit dreizehn fing ich an Opium zu rauchen, mit fünfzehn gründete ich eine Autoschieberbande. Im Alter von neunzehn Jahren musste ich mich einer Lobotomie unterziehen. Mit zweiundzwanzig, während ich meine zweite Haftstrafe verbüßte, begann ich ein Fernstudium der Nuklearmedizin. Heute arbeite ich gelegentlich als Hebebühnenführer. Mein Gedicht kann ich leider nicht vortragen, da ich es auf der Herfahrt gegen eine *Bifi* und zwei *Überraschungseier* eingetauscht habe.«

Treffer. Die Blicke die man mir zuwarf, beinhalteten nichts als Unverständnis.

Selbst der Ponchoträgerin schien für einen Moment die Luft ausgegangen zu sein.

»Oh«, sagte sie nur, den Mund weit aufgerissen wie ein gegrilltes Ferkel, das auf den schmückenden Apfel wartet. Dann fing sie sich wieder, ganz die souveräne Gouvernante.

»Na, Sie werden doch sicher andere Texte dabei haben, oder?«

Ich verneinte.

»Aber Lieber, wie stellen Sie sich das vor?! Wir brauchen doch eine Grundlage. Etwas woran wir feilen können.«

Ich dachte an den Zwackel Hasch, der in meiner Hosentasche steckte: *Da* ließ sich gewiss noch dran feilen. Schließlich waren es beinahe acht Gramm, die darauf warteten in kleine Brösel zerteilt zu werden.

Später als wir in einer nahen Pizzeria auf Kosten der Veranstalter ein erstes Essen einnahmen, kam unsere Gastgeberin noch einmal auf mein Versäumnis zurück. Ich hatte mich gerade neben die Nixe mit dem Patronengurt gequetscht, als sie sich über die Lehne meines Stuhls beugte und meinen Schädel in den Schraubstock ihrer opulenten Brüste zwang.

»Hören Sie, bevor wir morgen mit dem Seminar beginnen, kommen Sie erst mal zu mir. Wir werden aus meinen eigenen Poemen etwas für Sie heraussuchen.«

Na, wenn es weiter nichts war. Aber morgen war morgen. Jetzt galt es erst einmal, mich mit meiner Tischnachbarin vertraut zu machen. Ihren Namen und ihr Alter kannte ich ja bereits aus ihrem Redebeitrag. Sie hieß Ewa und war gerade neunzehn geworden; genau wie ihre Schwester, die auf den Namen Klara hörte. Ich schlug einen ausschweifenden Zug durch die Gemeinde vor und zu meiner großen Überraschung erntete ich Zustimmung.

»Sag mal, bist du wirklich philippinischer Abstammung?«, wollte Ewa wissen. »Da sieht man überhaupt nichts von.«

»Na ja, ich habe als Kind ziemlich oft Weizenkleie essen müssen.«

»Ach so.«

Klara, die zu ihrer Rechten saß, interessierte sich für einen anderen Teil meiner Legende.

»Hebebühnenführer? Das ist doch ein Job beim Theater, oder?«

Eins war so sicher wie die baldige Amputation meines Raucherbeins: Mit diesen beiden Leuchten würde ich heute Nacht noch ausreichend Spaß haben – so dachte ich zumindest. Leider hatte ich die Rechnung ohne den Rest der Rasselbande gemacht.

Der Alptraum begann bereits auf dem Weg vom Restaurant in die uns zugewiesene Herberge. Wir waren in einem größeren

Pulk unterwegs – ungefähr fünfzehn werden wir wohl gewesen sein – als ein untergewichtiger Schmock im mostrichfarbenen Pullunder folgenden Vorschlag absonderte: »Hey Leute, was meint ihr? Wenn jeder sein Quartier bezogen hat, könnten wir uns doch auf einem der Zimmer zum Gedankenaustausch treffen ...«

Ich gab nichts auf diesen Unsinn. Von mir aus konnten sie sich zum Austausch von Körpersäften verabreden. Ich würde derweil mit zwei aktivierten Zeitzündern die Stadt aus den Grundmauern heben.

Dumm nur, dass die beiden Punkrockgöttinnen an meiner Seite der Idee offensichtlich etwas abzugewinnen schienen. Deutlich hörte ich ihre betörend tiefen Stimmen aus dem Höllenchor sklavischer Beifallsbekundungen herausstechen.

»Aber das Nachtleben ...«, erlaubte ich mir einzuwenden.

»Na, das läuft uns doch nicht weg«, gab Klara zu bedenken.

Auch wieder wahr. Ergebenfügte ich mich in mein Schicksal. Wenn es notwendig war, sich vor dem Höhepunkt des Tages entnervender Gruppendynamik anheim fallen zu lassen, so würde ich auch das überstehen. Vielleicht barg die Tortur sogar die ein oder andere Überraschung.

An der Rezeption ließen sich die Dinge auf jeden Fall recht gut an. Nachdem uns die Eingeborene hinter der Theke auf unsere Zweibettzimmer verteilt hatte, gab der zahnsteinfarbene Pullunder eine stimulierende Parole aus.

»Ich hol jetzt erst mal was zu trinken. Wir treffen uns dann in zehn Minuten in Zimmer acht.«

Na, vielleicht wurde es ja doch noch was mit der ursprünglich erwarteten Orgie. Halbwegs hoffnungsfroh begab ich mich in mein eigenes Gemach. Der mir zugewiesene Mitinsasse erwartete mich bereits. Er lag auf einem der beiden Betten und beackerte ein Laptop, das er auf angezogenen Knien balancierte. Ich steckte mir eine Zigarette an und unterzog ihn einer kurzen Musterung. Er mochte an die vierzig sein und wirkte mit seiner orthodoxen Barttracht wie ein Relikt aus einer Zeit, als Rockkonzerte noch umsonst und draußen stattgefunden hatten.

Das war natürlich kein Grund, ihm den fälligen Gruß zu verweigern. Ich machte einen Kratzfuß und wagte ein bisschen Konversation.

»Ich freue mich Eure Bekanntschaft zu machen, Eminenz. Begleitet ihr mich in Zimmer acht zur Lagebesprechung?«

»Nein, ich habe noch zu arbeiten«, antwortete der ehemalige Bürgerrechtler. »Und ich würde es begrüßen, wenn du hier nicht rauchen würdest.«

Ich überantwortete meine Kippe dem im Raum installierten Waschbecken (die Toiletten befanden sich augenscheinlich auf dem Gang), und machte mich daran, meine Habe auszupacken. Lange brauchte ich dazu nicht, da sich in der mich begleitenden Plastiktüte einzig eine Zahnbürste und die beiden verbliebenen Flaschen mit dem Wodka-Orangensaft-Mix befanden. Ich beließ beides auf meinem Nachttisch, denn auf der anstehenden Festivität sollten ja, nach Angaben des Gastgebers, eigene Getränke zur Verfügung stehen. Die *illegalen* Drogen allerdings nahm ich mit.

Ich Narr. Wenn ich gewusst hätte, was mich erwartete, ich hätte umgehend den nächsten Stehausschank aufgesucht. So aber klopfte ich selbstvergessen an und wurde eingelassen. Außer mir befanden sich bereits acht Personen im Raum, darunter die Zwillinge, die eins der Betten besetzt hielten. Ich fläzte mich dazu und harrte der Dinge, die da kommen würden. In den nächsten Minuten verstärkte sich unser Bibelkreis um fünf weitere Klienten. Dann erschien der Initiator der Zusammenkunft, zwei prallgefüllte Plastiktüten unterm Arm. Aber was war das?! Statt der erwarteten spirituellen Munition, hatte der lustfeindliche Tor ausnahmslos Mineralwasser eingeholt. Um genau zu sein, waren es sechs Flaschen, die da, mittlerweile auf dem Teppich aufgereiht, ihre unfrohe Botschaft verstrahlten. Na, da konnten die Exzesse ja beginnen!

Ich hätte gut daran getan, augenblicklich meinen eigenen Getränkevorrat herbeizuschaffen. Aber aus mir unerfindlichen Gründen schob ich diesen Gedanken beiseite. Stattdessen verließ ich mich auf meinen Notfallkoffer und machte mich daran, einen ersten Joint aufzustreuen. Währenddessen nahm der infernalische Kritik- und Selbstkritikabend seinen Lauf. Eine Endzwanzigerin im frühen Mutter-Beimer-Look kramte unter mehrmaligem Räuspern einen Zettel hervor und begann unaufgefordert eine Reihe schwerfälliger Verse vorzutragen. Ich gestatte mir einen davon zur Wiedergabe zu bringen:

> Mein Pony schwitzt an Feiertagen
> ich schwitze
> auch – zumindest
> wenn der Luftdruck, die Erbswurst
> den Rezeptor
> verwässert, gar nicht zu reden vom Dialog der Wurmfortsätze
> dumm nur der Verfall der *echten* Werte
> besonders unten rum

Die Reaktionen auf diese Kasteiung reichten von enthemmter Begeisterung bis hin zu leichten Formen unkontrollierter Flatulenz. Einzig der Pullunderfreak fühlte sich berufen, Kritik zu äußern.

»Sag mal, hab ich da nicht irgendwo 'nen *Reim* herausgehört?«

Augenblicklich schlug die Stimmung um.

»Stimmt, da war tatsächlich 'n Reim drin, oder?!«

»Ja, glaub ich auch.«

»Aber das kann doch gar nicht sein ...«, versuchte sich

die derart Gerügte zu verteidigen, während sie ihr Manuskript bereits intensiv nach dem vermeintlichen Fauxpas zu durchforsten begann. Allein, man gab ihr keine Gelegenheit für eine ausführliche Recherche.

»Da war ein Reim drin, basta. Absolut unmodern der Text«, befand unser Gastgeber und hub nun seinerseits an, ein eigenes nicht minder bizarres Poem, das allerdings ohne Reime daherkam und damit sicher hochmodern war, vom Stapel zu lassen.

Durch die erste Runde zweifellos voreingenommen, war sich das Publikum diesmal einig. Die Urteile reichten von *hinreißend*, über *irgendwie sakral* bis hin zu *absolut fassbinderesk*. Und schon fühlte sich der nächste Soziopath bemüßigt, die Wort gewordenen Klabusterbeeren aus dem schlecht bis gar nicht gewarteten Klärwerk seiner Neurosenschmiede in die ungeschützte Welt zu entlassen.

Ich ließ das alles an mir abprasseln wie die Sonderangebote in *Dianas Dominapalast*; ärgerte mich nur, dass ich nicht doch ein paar eigene Texte mitgebracht hatte (natürlich gereimte).

Um mich nicht *gänzlich* zu isolieren, bot ich meine Tüte feil, fand aber keinerlei Abnehmer – ja, selbst die beiden masurischen Marienerscheinungen versagten mir diese simple Geste der Höflichkeit –, vielmehr wurde ich von der versammelten Mannschaft genötigt, ans offene Fenster umzusiedeln, da man sich jede Form olfaktorischer Beeinträchtigung tunlichst verbat.

Ich leistete diesem Wunsch klaglos Folge, tröstete mich über die unbarmherzige Behandlung aber sogleich mit einem zweiten Joint hinweg, was natürlich nicht verhindern konnte, dass weitere ungefilterte Ergüsse an mein zartes Ohrfleisch drangen. Denn schon war der nächste Proband an der Reihe. Und nachdem er geendet hatte, kam wieder einer. Und so würde es zweifellos bis in die frühen Morgenstunden weitergehen, denn dieses Rezitieren und Salbadern, dieses Faseln, Stammeln und Schaumschlagen war, soviel stand fest, der einzige Sinn dieser Zusammenkunft. Menschen, die offenkundig seit Jahren in klösterlichem Schweigen hatten leben müssen, nutzten die Gunst der Stunde endlich über eine Zuhörerschaft zu verfügen. Und sie nutzen sie weidlich. Es war ein einziger Wort-, Satz- und Silbenstrom, der sich da seinen Weg in die Stratosphäre bahnte, um das Erbgut zukünftiger Generationen zu schädigen. Und ich, der ich mich vor diesen Generationen sicherlich irgendwann zu verantworten haben würde, ich konnte nichts weiter dagegen tun, als mit aller Macht das Ende meiner Haschzigarette zum Glühen zu bringen.

Wenigstens hielten sich Ewa und Klara zurück. Weder trugen sie selbst etwas vor, noch kommentierten sie den giftigen Brodem der anderen. Leider verstummten sie auch sonst. All meine bescheidenen Versuche, dem Grauen durch ein bisschen Konversation die Stirn zu bieten, scheiterten kläglich. Welches Thema ich auch anschnitt, den fortschreitenden Verfall des Papstes, den fortschreitenden Verfall des Zloty, die Rübenernte – nichts vermochte den beiden betörenden Backfischen eine Antwort zu entlocken. Offenbar hatte der fortschreitende Irrsinn um uns herum sie eingeschüchtert.

Spätestens jetzt wäre es wohl an der Zeit gewesen, uns alle drei aus dieser Vorhölle herauszulotsen. Dumm nur, dass so langsam das Hasch zu wirken begann. Ich fühlte mich mit einem Mal seltsam verzagt. Gleichzeitig beschlich mich die Vorstellung, dass ich unter Beobachtung stünde, dass keine noch so minimale Regung meinerseits dieser Ansammlung fremder Menschen verborgen bleiben könnte. Kurz, ich sah mich außerstande mich zu erheben, geschweige denn irgendein aufmunterndes Kommando auszugeben. Mein Kokainvorrat kam mir in den Sinn. Ja, ein bisschen Marschierpulver wäre in diesem Moment ohne Zweifel hilfreich gewesen. Wie aber sollte ich das kostbare Gut unbeobachtet in meine Nase überführen? Denn dass es unbeobachtet geschehen musste, war mir nur allzu klar. Hypersensibilisiert wie ich war, war es plötzlich vollkommen undenkbar, sich hier vor aller Augen zu bedienen. Dafür war die Kluft zwischen all diesen literarischen Gecken und Gimpeln und mir selbst einfach zu groß. Hatte ich mich noch vor ein paar Minuten - nicht zuletzt durch die Kraft des Wodka-Orange - den Anwesenden weit überlegen gefühlt, so sah ich die Dinge nun in einem anderen Licht. Ich war der einzige, der hier rauchte. Ich war der einzige, der keine Texte mitgebracht hatte. Ich trug dieses Bukowski-Shirt. Klarer Fall: *Ich* war hier der Außerirdische. Ganz unmöglich, dass ich jetzt auch noch den Cracksüchtigen gab.

Ich konnte hier aber auch nicht sitzen bleiben. Das schon gar nicht. Und so raffte ich in einer übermenschlichen Kraftanstrengung alles zusammen, was mir an Antrieb noch verblieben war, murmelte ein undeutliches *muss mal pissen* und schleppte mich schwankend wie ein Erdbebenopfer aus dem Zimmer. Die beiden polnischen Katalogschönheiten waren mir in diesem Augenblick so egal wie die Probleme der argentinischen Nationalbank.

Das Letzte, was ich hörte, bevor die Tür ins Schloss fiel, war die Stimme der Mutter Beimer-Epigonin: »Also ich hab jetzt noch mal nachgeschaut. Es war auf keinen Fall ein *Endreim.*«

Nachdem ich mein eigenes Zimmer erreicht und mich aufs Bett hatte fallen lassen, gönnte ich mir zuerst einen ausgedehnten Schluck Wodka-O. Dann legte ich auf dem Nachttisch eine überdimensionierte Spur Kokain aus.

Den immer noch mit seinem Laptop beschäftigten Hippie schien mein Treiben nicht zu stören.

»Was schreibst'n?«, fragte ich ihn, nachdem er mein Angebot, sich ebenfalls die Nase zu pudern, höflich abgelehnt hatte.

»Eine trotzkistische Analyse der Buddenbrooks.«

Damit hatte sich jede weitere Unterhaltung bis auf weiteres erledigt. Das ehemalige SDS-Mitglied bearbeitete seine Tastatur, ich bearbeitete die mitgebrachten Drogenvorräte. Bald naschte ich vom Speed, dann wieder vom Koks, erwies aber auch dem Mixgetränk die gebotene Reverenz. Wenn ich rauchen wollte, begab ich mich auf den Flur, immer darauf bedacht nicht einem etwaigen nachtwandelnden Lyriker zu begegnen.

Gerade als ich von einem dieser Ausflüge zurückkehrte, schickte sich mein Zimmergenosse an, seine Nachttischlampe zu löschen.

»Denk dran«, ermahnte er mich, »um sieben gibt's Frühstück.«

»Kein Ding«, sagte ich und warf einen Blick auf die an der Wand befindliche Zeitansage: zwei Uhr dreißig. Na, da würde ich ebenfalls bald in den Schlaf finden müssen. Allerdings war ich von den eingenommenen Aufputschmitteln dermaßen aufgekratzt, dass dieses Vorhaben nicht ohne eine weitere Medikation zu realisieren sein würde. Um halbwegs müde zu werden, galt es mindestens zwei Joints zu rauchen, besser drei. Mein übersteuerter Kreislauf verlangte ohnehin nach ein wenig Drosselung. Diesem Gedanken folgend griff ich in meine Hosentasche, um mein Dope herauszuholen. Aber verflucht, da war kein Dope! Ich durchsuchte die anderen Taschen, dann unterzog ich - entgegen jeder Logik - meine Plastiktüte einer Inspektion, aber da hätte ich auch gleich unterm Bett nachschauen können. Nein, in meiner unmittelbaren Reichweite würde ich nicht fündig werden. Vielmehr musste ich das kostbare Gut auf der Fensterbank von Zimmer acht vergessen haben. Fieberartig überlegte ich was nun zu tun war und kam zu einem einzigen Schluss: Eine Rettungsexpedition musste her. Die feindliche Trutzburg musste genommen, der verlorene Gral heim ins Reich geholt werden.

Ich beschloss, die Sache sofort in Angriff zu nehmen. Hatte ich vor meiner Flucht noch Schwäche und Wankelmut erkennen lassen, so fühlte ich mich jetzt unbesiegbar wie Packeis. Ich war, um es mit Blixa Bargeld zu sagen, sechs Meter groß, ich war das ganze chinesische Volk.

Festen Schrittes begab ich mich zum Ort meiner Niederlage. Vor der Tür allerdings hielt ich einen kurzen Moment lang inne. Bevor ich den gegnerischen Befestigungswall in Angriff nahm, galt es zu prüfen, ob sich die muntere Runde bereits aufgelöst hatte oder noch am Debattieren war.

Ich legte mein Ohr ans Holz und vernahm ein seltsames, mehrstimmiges Stöhnen. Also waren die Herrschaften noch zugange; gut möglich, dass sie sich mittlerweile der Lautpoesie zugewandt hatten.

Sollte ich anklopfen? Ach was! Anklopfen war etwas für Kammerdiener. Ich aber hatte eine päpstliche Mission zu erfüllen. Kurzentschlossen betätigte ich die Klinke, und tat zwei schnelle Schritte ins Innere. Dort allerdings bot sich mir ein Bild, das meinen Vormarsch abrupt ins Stocken brachte. Hatte es auf dem Fußboden vorhin von angehenden Bachmann-Preisträgern nur so gewimmelt hatte, war der Teppich jetzt vollkommen menschenfrei. Dafür herrschte auf den Betten munteres Treiben.

Um genau zu sein waren es zwei Pärchen, die da in den Federn lagen und den Diskurs offensichtlich intensiviert hatten.

Zu meiner Rechten erkannte ich den Pullunderträger, mittlerweile ohne Pullunder, und eine der beiden lieblichen Zwillingsschwestern. Welche es war, ließ sich nicht mit Sicherheit sagen. Zwar trug diese hier keinen Patronengurt, was ja ein Hinweis gewesen wäre, da sie aber auch ansonsten nichts trug, relativierte sich der Hinweis wieder.

Eine Überprüfung der anderen Schlafstatt vermochte diesen Erkenntnisstand nicht zu erweitern. Wie erwartet, war hier die andere Schwester zu finden, die, nicht minder nackt, das Zwiegespräch mit einem leptosomen Jüngling pflegte, in dessen ausgeprägte Trichterbrust gut und gerne ein Fußball gepasst hätte. Hier wie dort gab man das Tier mit den zwei Rücken, hier wie dort wurden mehr oder weniger lautstark Töne freigesetzt, die ich draußen auf dem Gang noch für hypermoderne Dichtkunst gehalten hatte.

Unfähig das Geschehen mit meinen Vorstellungen von Ästhetik und halbwegs gutem Geschmack in Einklang zu bringen, stand ich wie paralysiert an meinem Platz, den entsetzten Blick mal auf die eine, mal auf die andere Seite gerichtet; ganz so als wäre ich dazu verpflichtet worden, einem Tennisspiel zwischen Außerirdischen beizuwohnen. Die Lähmung ließ erst von mir ab, als mir plötzlich der Pullunderfreak direkt in die Augen sah. Bis eben hatte mein Erscheinen bei keinem der Anwesenden irgendeine Reaktion hervorgerufen. Jetzt aber hatte mich der Wortführer offenkundig gewittert und nahm mich ins Visier, einen deutlichen Ausdruck der Häme in der verschlagenen Visage.

Und während er mich anstierte, presste er aus seinen verkniffenen Lippen folgende Drohung hervor: »Literatur, insbesondere die Dichtkunst, bedarf des immerwährenden Dialogs mit dem inneren Regenbogen.«

Ich nahm mit wilden Bocksprüngen Reißaus. Ja, ich glaube, ich vergaß sogar die Tür zu schließen.

Dass ich eigentlich mein Hasch hatte bergen wollen, kam mir erst in den Sinn, als ich den sicheren Hafen meines eigenen Zimmers erreicht hatte. Der Gram darüber hielt sich in Grenzen. Nach der überstandenen Apokalypse war ohnehin eine stärkere Droge vonnöten. Also griff ich - ungeachtet der späten Stunde - noch einmal in den Staubbeutel. Danach legte ich mich ins Bett, um ausgiebig über die Ungerechtigkeit des Lebens und die Abwesenheit Gottes zu meditieren.

Es brauchte den gesamten Wodka-Orange, um mich gegen sechs Uhr morgens endlich in den tröstenden Schlaf fallen zu lassen.

Nicht verwunderlich, dass ich die Versuche meines Zellengenossen mich dazu zu bewegen, ihn in den Frühstücksraum zu begleiten, unwillig abwehrte.

»Geh schon mal vor. Ich komme gleich«, knurrte ich und war schon wieder eingeschlafen.

Das nächste Mal weckte mich ein wildes Klopfen an der Tür. Ich versuchte es zu ignorieren, aber der Störenfried bewies Hartnäckigkeit. Schließlich hielt ich es nicht mehr aus und ging öffnen. Vor mir stand – rotfleckiger denn je – Frau Plate-Filbinger. Sie sah eindeutig verstimmt aus und sie war es auch.

»Junger Mann«, begann sie, »Sie haben das komplette Vormittagsprogramm versäumt. So eine Ungehörigkeit habe ich in der gesamten Geschichte unseres Vereins noch kein einziges Mal erlebt. Jetzt haben wir es zwölf Uhr dreißig. In einer halben Stunde ist die Mittagspause vorbei. Ich erwarte Sie pünktlich zum Beginn der Nachmittagsveranstaltung in unseren Schulungsräumen. Und zwar angezogen.«

Erst jetzt fiel mir auf, dass ich nur Unterhosen anhatte.

Ich murmelte eine schwachbrüstige Entschuldigung. Aber da war sie schon davongerauscht.

Ich schloss die Tür und begann in meine Beinkleider zu steigen. Ich fühlte mich schwach und missgelaunt wie immer nach chemisch unterfütterten Ausschweifungen, dennoch arbeitete mein Gehirn mit ungewohnter Klarheit. Eins stand fest: Wollte ich nicht in Kürze in der Geschlossenen landen, musste ich so schnell als möglich die Flucht ergreifen. Knapp dreißig Minuten – das musste doch genügen, um diesem Hort des Bösen zu entkommen.

Vorsichtig schlich ich mich zur Rezeption hinunter. Dort war keine Menschenseele zu sehen, selbst der Tresen war unbesetzt. Umso besser. Draußen schlug ich eine Richtung ein, von der ich glaubte, dass sie mich zum Bahnhof bringen würde. Mein geschwächter Körper wollte gegen den Fußmarsch rebellieren, aber die Angst, die mich seit dem Verlassen meines Zimmers gepackt hatte, war stärker. Selbst am Bahnhof, wo ich mich auf dem ausgewiesenen Gleis hinter einem kleinen Wagen mit Postsäcken versteckt hielt, rechnete ich jeden Augenblick damit, dass die Rotgesichtige oder einer ihrer Schergen auftauchen und mich laut rezitierend zurück in die Verdammnis treiben könnte.

Mein Pulsschlag beruhigte sich erst, als schließlich der Zug einfuhr.

Erleichtert ließ ich mich in die Polster fallen. Dann orderte ich beim Servicemann vier Dosen Bier und schon bald fühlte ich mich wie ein in zahllosen Kämpfen verstümmelter Gladiator, dem der Volkstribun ganz überraschend die Freiheit und eine kleine Parzelle an der Küste gewährt hat.

Meiner Zukunft als Schlosserlehrling sah ich voller Zuversicht entgegen.

Eiweißjäger

Die mehrheitlich entzündeten Mitesser, die die Stirn meines Gegenübers verunzieren, zeichnen auf eine geradezu übernatürliche Weise das Logo eines großen deutschen Automobilherstellers nach und sind allemal dazu angetan, meine Gesichtsmuskulatur in Schwingung zu versetzen. Aber ich tue gut daran, selbst das leiseste Kichern zu unterdrücken. Ich darf mir das Wohlwollen des Verunreinigten nicht verscherzen. Er soll mich von dem heimtückischen Brennen befreien, das seit kurzem nach jeder Ejakulation meine Harnröhre geißelt. Er heißt Dr. Schwund und ist Urologe.

»Tja«, sagt er, während er sich gefühlvoll am Ohrläppchen kratzt, »da brauchen wir zuerst mal eine Spermaprobe.«

»Oh.«

»Keine Sorge«, sagt Dr. Schwund, »das hier wird Ihnen helfen.« Er zieht ein zerfleddertes Heft aus seinem Schreibtisch, reicht es mir zusammen mit einem Plastikbecher und weist auf die Tür zu meiner Linken. »Am besten Sie erledigen die, äh, die *Sache* ... dort.«

Ich folge seinem ausgestreckten Zeigefinger und gerate in einen fensterlosen, gekachelten Raum, der offensichtlich der Aufbewahrung von Reinigungsgeräten dient. Neben mir lehnen Besen und Schrubber an der Wand, in Augenhöhe lagert ein Dutzend Rollen Toilettenpapier der Marke *Happy Departure*.

Das ist nicht unbedingt die Umgebung, die Casanova einen *Tempel der Wollust* genannt hätte. Aber was soll's: Ich habe ja das Heft. Also flugs die Hosen herunter und die zukünftigen Nobelpreisträger dem Plastikbecher überantworten. Erwartungsvoll nehme ich das Magazin in Augenschein. Es trägt den Titel *Kesse Früchtchen* und scheint sich bereits seit den Siebzigern im Einsatz zu befinden. Darauf deuten nicht nur die zahllosen zusammengeklebten Seiten hin, sondern auch die abgelichteten Damen, die durchweg eine Schambehaarung zur Schau stellen, die an die Barttracht muslimischer Eiferer erinnert. Mein Fortpflanzungsorgan reagiert auf die Bilder mit kompletter Arbeitsverweigerung.

Wacker lenke ich meine Gedanken auf Sahra Wagenknecht, die ebenso gestrenge wie appetitanregende Hüterin der Weltrevolution, versuche sie mir möglichst unbekleidet, in möglichst gewagten gymnastischen Verrenkungen vorzustellen. Leider kommt dem hirneigenen Sexfilm in einer Tour die Streuselstirn von Dr. Schwund in die Quere. Dennoch bringe ich mit schierer Willenskraft so etwas wie einen englischen Halbsteifen zustande.

Als ich für einen Moment die Augen öffne, um dem Mitesserrelief zu entkommen, steht plötzlich eine Arzthelferin vor mir. Zwar hatte ich die Tür, durch die ich diesen Raum betreten habe, hinter mir verschlossen, aber nun zeigt sich, dass es noch einen zweiten Ausgang gibt. Er führt direkt ins Wartezimmer. Deutlich kann ich hinter der Schulter der relativ jungen Angestellten die neugierigen Blicke derjenigen erkennen, mit denen ich gerade noch das *Neue Blatt* und die *Bunte* geteilt habe.

»Oh!«, sagt die Arzthelferin.

»Grüß Gott«, sage ich.

Dann blicken wir beide auf meinen Schwanz, der sich vor Schreck auf die Größe einer Weinbergschnecke zusammengezogen hat.

Jeder weitere Versuch, hier produktiv tätig zu werden,

scheint müßig. Vielmehr kann es jetzt nur noch darum gehen, mich halbwegs würdevoll zu verabschieden.

»Es tut mir Leid. Aber so kann ich nicht arbeiten«, sage ich mit aller Strenge, zu der ich fähig bin. Dann drücke ich dem verwirrten Menschenkind den Becher in die Hand, zerre mir die Beinkleider über die Hüften und marschiere im Stechschritt zur Tür.

Zurück auf der Straße, steuere ich den nächsten Stehausschank an. Auf diese Schmach habe ich mir einen Kübel Gerstensaft mehr als verdient. Soll ja auch gut für die Harnwege sein ...

Weit komme ich allerdings nicht. Ich habe noch keine fünfzig Meter zurückgelegt, als mich ein Schlipsträger anspringt. Er trägt den zeitlosen, gepflegten Kurzhaarschnitt des angehenden Bankkaufmanns und ist mit einem gelben Ballon bewaffnet, auf dem die in Blau gehaltenen Großbuchstaben F, D und P herumzigeunern. Seltsamerweise war diese Gefahr meinen wachsamen Augen bis eben entgangen - gut möglich, dass sich das Bürschlein hinter dem Blumenkübel versteckt gehalten hat, den ich gerade zu passieren gedachte. Jetzt hat es mich hübsch in der Falle. Zu meiner Rechten versperrt mir der Blumenkübel den Weg, zu meiner Linken lagert das moosige Holzbein eines Obdachlosen. Kurz denke ich daran, die Flucht nach hinten anzutreten. Aber das könnte als Feigheit ausgelegt werden, zumal der liberale Fickel bereits damit begonnen hat, mich zu agitieren.

»Fünf Minuten für die Freiheit«, flötet er, ölig wie ein griechischer Grillteller.

»Tut mir Leid, die hab ich nicht. Ich muss dringend nach Hause. Mein Vater ist seit seiner vorzeitigen Entlassung heroinabhängig und braucht innerhalb der nächsten Viertelstunde seine Spritze«, kontere ich, einer plötzlichen Eingebung folgend, während ich versuche, meinem Gesicht einen gehetzten

Ausdruck zu verleihen, »sonst schlägt er mir wieder das komplette Mobiliar kaputt.«

Über das makellos rasierte Antlitz des Fickels huscht ein diabolisches Leuchten.

»Aber genau darum geht es ja!«

»Wie? Um meine Möbel?«

»Nein, um den Generationenvertrag. Schon mal daran gedacht, sich klonen zu lassen?«

»Äh, nicht wirklich«, gestehe ich wahrheitsgemäß.

»Schlimm genug«, murmelt der Jungliberale, während er aus den Weiten seines Trenchcoats eine schmale Broschüre hervorzaubert.

»Hier«, belehrt er mich und zeigt auf ein quietschbuntes Diagramm, »die Deutschen sterben aus. Zumindest die, die noch zum Bruttosozialprodukt beitragen.« Er wirft einen Seitenblick auf den Stadtstreicher. »Im Jahr 2040 bringt unsere von Singles durchseuchte Gesellschaft bei weitem nicht mehr genug Nachwuchs hervor, um eine vernünftige Altersvorsorge der bis dahin im Produktionsprozess stehenden Eliten zu gewährleisten.«

»Na, dann müssen das eben die Einwanderer richten«, bemerke ich als aufmerksamer Zeitungsleser.

»Sie glauben doch nicht, dass der türkische Gemüsehändler von nebenan Ihre Rente finanzieren wird. Sobald der seine Schäfchen im Trockenen hat, geht's hübsch ans Schwarze Meer, der Großfamilie eine Villa hingestellt. Natürlich mit Satellitenantenne und allem.«

»Na ja«, erlaube ich mir einzuwerfen, »soll ja auch ein bekömmliches Klima sein da unten.«

Der Schmierlappen überhört diesen Einwand geflissentlich.

»Es geht um nichts weniger als um die Zukunft der Nation. Deshalb fordern wir alle aufrechten Demokraten dazu auf, sich für eine Samenspende registrieren zu lassen.«

»Wie bitte?« Ich meine, mich verhört zu haben.

»Ganz richtig. Sie als Teilnehmer der Aktion müssten sich natürlich einem kurzen Wesenstest unterziehen. Aber mit ein bisschen Glück gehören Sie am Ende zu den Auserwählten, denen die Partei einen nigelnagelneuen Klon finanziert. Stellen Sie sich das mal vor: ein Abbild Ihrer selbst, mit all Ihren Fähigkeiten und der Chance, sämtliche bisher gemachten Fehler zu vermeiden ...«

An dieser Stelle mischt sich plötzlich der Obdachlose ein. Anscheinend hat er das bisherige Gespräch verfolgt.

»Hey«, ruft er, »ich könnte auch was spenden. Bevor mich meine Alte rausgeschmissen hat, war ich Malermeister.«

Der gut gewartete Parteisoldat überhört diesen Einwurf geflissentlich, nestelt betont umständlich eine Hand voll Formulare aus seinem Mantel, aber der ehemalige Malermeister lässt sich nicht abspeisen.

»Hast du was an den Ohren, Junge?! Ihr Typen glaubt wahrscheinlich, dass ich bereits zum alten Eisen gehöre. Aber das täuscht. Ich bin fit wie'n argentinischer Zuchtbulle.« Um diese Aussage sogleich unter Beweis zu stellen, wuchtet er sich unerwartet behände in die Höhe.

»Hier, kannst ja mal fühlen!« Seine beiden Krücken leger zwischen die Schenkel geklemmt, beginnt er, den linken Ärmel seines Hemdes aufzurollen. Zum Vorschein kommt ein durchaus ansehnlicher Bizeps, den er meinem Gegenüber nun maximal angespannt unter das kurz geschorene Nasenhaar hält.

»Na los, fass schon an!«

Der angehende Familienminister wird sichtlich nervös, kommt nicht klar auf diese Attacke. Aber ignorieren hilft jetzt nicht mehr, weshalb er sich auf autoritäres Zurechtweisen verlegt.

»Unterlassen Sie das! Nehmen Sie Ihren Ellenbogen aus meinem Gesicht und setzen Sie sich wieder hin. An Ihren billigen Knasttätowierungen ist hier niemand interessiert.« Eine Anspielung auf das verblichene Grabkreuz mit der Inschrift »Elvis – R.I.P.«, das den einstmals mittelständischen Unterarm verunziert.

Der derart Gemaßregelte ist allerdings weit davon entfernt, wieder Platz zu nehmen. Vielmehr gerät er jetzt erst richtig in Fahrt.

»Was denn?! Körperkraft allein genügt wohl nicht mehr! Auch gut!« Mit einer fließenden Bewegung öffnet er den Laden seiner Hose, lässt die andere Hand in den Schlitz fahren und heißa: Da baumelt seine eben noch hinter Stoff verborgene Dreifaltigkeit auch schon fröhlich im Tageslicht.

Alle Achtung! Ein Gemächt von kolossalen Ausmaßen. Da hätte selbst den *King* ein Anflug von Missgunst beschlichen. Den Jungliberalen vor mir beschleicht dagegen echte Angst.

»Packen Sie das ein! Packen Sie das *sofort* wieder ein!«, kreischt er, während er hektisch mit seinen Formularen herumzuwedeln beginnt.

Der Teilentblößte zeigt sich von diesem Manöver vollkommen unbeeindruckt.

»Na, ist das ein Argument?«, fragt er selbstgefällig in die Runde.

Ich komme nicht umhin, meine Zustimmung zu bekunden.

»Auf jeden Fall 18 plus«, murmle ich.

Der wackere Wahlkämpfer zeigt sich vergleichsweise weniger sportlich.

»Das ist kein Argument, das ist ein Angriff auf sämtliche Bastionen unserer demokratischen Streitkultur«, brüllt er und geht nun seinerseits zum Angriff über, indem er die schleimigen Haarrabatten, die am Schädel des Berbers kleben wie Seetang, mit seinem Luftballon attackiert.

Der bemerkt das gar nicht, ist immer noch damit beschäftigt, seinen ungewaschenen Aal anzupreisen. Demgemäß ist es an mir, für Disziplin zu sorgen. Seitlich schiebe ich mich an dem Aggressor vorbei und fixiere seine fuchtelnden Arme, indem ich die meinigen von hinten um seinen schmalen Brustkorb schlinge.

»Um Himmels Willen, was machen Sie da? Sie wollen den Ferkeleien dieses verkommenen Subjekts doch nicht etwa Vorschub leisten?!«, fährt er mich an.

»Aber gewiss doch«, flüstere ich ihm ins Ohr. »Im Namen der Spaßpartei und wahrer libertärer Denkungsart.«

Falls das »verkommene Subjekt« meinen tatkräftigen Beistand bemerkt hat, so lässt es sich nichts anmerken. Seine Aufmerksamkeit gilt nach wie vor dem Wahlkämpfer.

»Na, komm ich *jetzt* auf die Liste? Kann ich mich *jetzt* registrieren lassen?«

»Niemals!«

Immerhin: Standfestigkeit hat er, der ehemalige Burschenschaftler. Aber auch der Berber verfügt über Steherqualitäten.

»Gut, dann geb ich meine Probe eben gleich ab.«

Kaum dass er das gesagt hat, beginnt er, seine Rechte auch schon vor und zurück zu bewegen. Und dann dauert es keine dreißig Sekunden, bis der dunkelblaue Trenchcoat des Liberalen von einer Salve kleisterfarbener Tropfen getroffen wird, womit dem edlen Zwirn ebenso wie seinem fassungslosen Besitzer ein gehöriges Stück Autorität abhanden kommt. Ejaculatio praecox nennt man das wohl. Möglicherweise ein Fall für Doktor Schwund, in diesem Moment aber verzeihlich. Denn obwohl doch eher symbolisch gemeint, genügt der eiweißhaltige Anschlag, um den eitlen Fortschrittsgläubigen bis auf weiteres verstummen zu lassen. Ob das seinem Klon passiert wäre, sei dahingestellt. Er selbst benötigt für die Beseitigung des Malheurs, bei der nun endlich auch das Bündel Formulare eine gescheite Verwendung findet, einfach zuviel Konzentration, um weiterhin die Mundorgel am Laufen zu halten.

Der ehemalige Malermeister beendet die Vorstellung mit einer angedeuteten Verbeugung, packt sein Gemächt wieder ein und humpelt von dannen. Ich habe derweil längst beschlossen, auf weitere Arztbesuche zu verzichten. Anstatt meine knappe Barschaft für zweifelhafte Behandlungsmethoden zu vergeuden, werde ich mir lieber eins dieser hochmodernen Fotohandys zulegen.

Leseschwäche

Es wird niemanden überraschen, dass der Konsum von Büchern einen nicht unerheblichen Teil meiner Freizeit einnimmt. Ja, ich sage es frei heraus: Ich lese gern. Die öffentliche Wiedergabe von Literatur allerdings habe ich bis zu meinem siebenundzwanzigsten Lebensjahr stets gemieden. Warum für etwas Eintritt zahlen, das zu Hause so viel besser funktioniert?! Auf der durchgelegenen Chaiselongue lässt sich der Produktausstoß mitteilsamer Maulhelden doch wesentlich konzentrierter willkommen heißen als im smalltalkgeschwängerten Treiben einer öffentlich bestuhlten Schwitzhütte. Wenn du dir zwischen den Zeilen etwas zu Essen holen oder deinen Harn abschlagen möchtest, verpasst du nichts, und wenn dir aller geistigen Stringenz zum Trotz doch mal eine Information abhanden gekommen ist, blätterst du einfach zurück.

Wäre ich nicht im Jahre des HErrn 1994 auf den Gedanken verfallen, mich in die Garde eitler Selbstdarsteller einzureihen, ich hätte wohl bis zum heutigen Tag keine einzige Lesung besucht. So aber musste ich mich alsbald mit der verschmähten Veranstaltungsform auseinandersetzen. Die Ursache dieses ungewollten Sinneswandels war so beschämend wie vorhersehbar: Obwohl ich mit den ersten Belegen meiner neuen Profession sämtliche mir bekannten Großverlage beglückte, fand sich niemand, der den gebenedeiten Stoff zum Abdruck bringen wollte. Das rief neben Selbstzweifeln und Gewaltphantasien auch eine gehörige Portion Trotz auf den Plan. Ich hatte an der

Handvoll Kurzgeschichten geschlagene drei Monate gesessen – ganz unmöglich, die Früchte meines Geistes jetzt einfach dem Altpapiercontainer zu überantworten. Es gab daher nur eins: Wenn skrupellose Marketingstrategen mich daran hindern wollten, meinen Beitrag zur Sicherung des heimischen Kulturstandortes in Buchform zu verbreiten, dann würde ich meine Thesen eben öffentlich zum Vortrag bringen. Ich sprach im örtlichen Jugendzentrum vor und konnte den verantwortlichen Sozialarbeiter unter Drohungen, Tränen und Hinweisen auf mein trostloses Geschlechtsleben schließlich soweit erweichen, dass er mir einen Raum und ein paar Kröten für Werbematerial zur Verfügung stellte. Ich schmierte einen Flyer zusammen, den ich im Copyshop vervielfältigte und in den einschlägigen Lokalitäten auslegte, dann machte ich mich an die fernmündliche Zwangsverpflichtung von Freunden und Verwandten.

Die erste Lesung, die ich besuchte, war also meine eigene. Entsprechend fiel das Ergebnis aus. Trotz der sechs Flaschen Bier, die ich mir vorab genehmigt hatte, war ich so nervös, dass ich noch nicht mal eine Ansage zustande brachte. Ich verlas mich pro Absatz mindestens dreimal, unterließ jegliche Betonung und verschluckte die Pointen, als ob ich unter schwerem Asthma leiden würde. Wäre ich nicht jedem einzelnen der knapp dreißig Anwesenden persönlich bekannt gewesen, man hätte mich noch vor dem ersten Umblättern von der Bühne gepfiffen. So durfte ich mich eine geschlagene Stunde lang blamieren, nur um am Ende das Schlimmste zu ernten, was einem Entertainer widerfahren kann: wohlwollendes Desinteresse. Meine Mutter sprach von der schlechten Luft, die die ganze Zeit über geherrscht hätte, mein Vater erwähnte die marode Bausubstanz. Meine Freunde gingen raus, *einen Kiffen*. Einzig meine Großmutter sah sich in der Lage, etwas zu meinem Auftritt zu sagen.

»Jungchen«, sagte sie, »Jungchen, schreib doch mal was *Positives*!«

Ich versprach darüber nachzudenken, kam aber nicht dazu, weil ich den gesamten Rest der Woche einzig und allein darüber sinnieren konnte, ja musste, wie sich derartige Debakel in der Zukunft würden vermeiden lassen.

Zuerst einmal beschloss ich, mir umgehend ein paar Shows der werten Konkurrenz zu Gemüte zu führen. Ob Fäkalschleuder oder Feuilletonfavorit, ob Ratgeberautor oder Büttenredner – sie alle sollten mich ab sofort zu ihren Gästen zählen dürfen. Des Weiteren verordnete ich mir ein strenges Trainingsprogramm vor dem heimischen Spiegel. Ich würde meine Texte sooft gegen das verstaubte Glas prallen lassen, bis ich jede einzelne Zeile auswendig herbeten konnte. Und genau das tat ich dann auch, und zwar mit Erfolg. Am Ende meines zwölfmonatigen Schulungsprogramms hatte ich mich deutlich verbessert. Ich las wie der junge Kinski auf Ecstasy und hatte mir ein ansehnliches Arsenal neckischer Überleitungen angeeignet, wie sie Fips Asmussen nicht besser hätte formulieren können. Stellte sich nur die Frage: Wohin mit den so mühsam erworbenen Fähigkeiten? Es mangelte deutlich an Anfragen, soll heißen: Es gab einfach niemanden, der an einem Auftritt von mir interessiert gewesen wäre. Erneut war also Eigeninitiative gefragt.

Ich machte mich an den Abstieg in den tiefen, verkeimten Pfuhl autistischer Tagebuchaufzeichnungen und verschwiemelter Hausfrauenlyrik und hatte nach monatelanger Recherche immerhin ein halbes Dutzend verstiegener Junggesellen aufgespürt, die den Wert ihrer Freizeit mit dem Verfertigen so genannter Literaturzeitschriften minimierten. Das Erscheinen dieser im Normalfall kopierten und von Hand gehefteten Blättchen, die selten mehr als fünfzig Abonnenten besaßen, wurde hin und wieder im öffentlichen Raum begangen. In Ermangelung einer Alternative beschloss ich, jeglichen Stolz über Bord zu schmeißen. Und so war diese wirklichkeitsferne Nische das Feld, das ich von da an bestellte.

Ich penetrierte die selbsternannten Herausgeber mit immer neuen Texten, denen ich Briefe beifügte, die mehr oder minder beiläufig meine albanische Verwandtschaft erwähnten. Und siehe da: Nachdem ich angefangen hatte, die Sendungen zusätzlich mit einem gefälschten Lebenslauf zu versehen, der neben einer Reihe von Haftstrafen auch ein sechsmonatiges Praktikum bei den Roten Khmer auflistete, konnte ich alsbald eine erkleckliche Anzahl an Veröffentlichungen mein eigen nennen. Auch die ersehnte Einladung zum Vortrag meiner Texte ließ nicht lange auf sich warten. In Cottbus stand das zweijährige Jubiläum einer abseitigen Gazette namens *Zangengeburt* an. Eine Gage war nicht vorgesehen und auch die Fahrtkosten sollten nur anteilig erstattet werden, aber das hielt mich nicht davon ab, der Reise in Deutschlands »größten Karbunkel« (Horst Ehmke) voller Vorfreude entgegenzusehen. Endlich erhielt ich die Gelegenheit, die Schmach meines ersten Auftritts vergessen zu machen.

Ich war mittlerweile klug genug, um der Versuchung zu widerstehen, Heerscharen entfesselter Teenager herbeizufabulieren, die mir selbst gemalte Transparente entgegenstreckten, während sie vergeblich versuchten, eine Ohnmacht zu unterdrücken. Was mich dann allerdings in Cottbus erwartete, übertraf jedes menschliche Maß: Das Publikum bestand aus sieben Punkrockern, die der tägliche Nazi-Terror in Verbindung mit dem täglichen Vollsuff derart abgestumpft hatte, dass sie Texte, deren Länge die Sechzig-Sekunden-Grenze überschritt, einfach nicht mehr verarbeiten konnten. Nachdem sie ungefähr eine Dreiviertelminute lang ihre verschorften Geschwüre mit den Fingernägeln bearbeitet hatten (»Noch nie was von Schleppscheiße gehört, Alter?!«), nickten sie regelmäßig weg, was dem Vortragenden, in dem Fall mir, ein Gefühl vermittelte, als ob er vor einem offenen Garagentor lesen würde. Dass sie nach weiteren fünfundvierzig Sekunden meist wieder zu sich kamen, um einem der vierzehn mitgeführten Hunde eine Zecke aus dem Genick zu schrauben, machte die Sache nicht viel besser.

Auch der Veranstaltungsort, ein besetztes Haus in Zentrumsnähe, wies unübersehbare Mängel auf. Auf meine Frage, in welcher Richtung sich denn die Toiletten befänden, wurde mir beschieden, dass sämtliche Sanitäranlagen der Liegenschaft *im Arsch* seien. Und so blieb mir nichts anderes, als bei minus siebenundzwanzig Grad in den Hinterhof zu kacken, der von einem Sperrmüll- und Backsteinhaufen beherrscht wurde, der jeder Trümmerfrau die Tränen in die Augen getrieben hätte. Ich tröstete mich damit, mir bei der vorherrschenden Dunkelheit nicht auf die Hacken geschissen zu haben. Frohsinn kam dennoch nicht auf.

Die beiden Kollegen, die an diesem Abend das Programm komplettierten, und die mir als alt gediente Undergroundhengste vorgestellt worden waren, kommentierten das Debakel mit den Worten: »Na, wenigstens haben sie uns nicht mit Schorf beworfen.«

Dass der Veranstalter, ein sexuell ausgehungerter Pykniker, dessen abstoßendes Äußeres nur noch von seinem Hang zum Schweigen übertroffen wurde, zu später Stunde Soja-Gyros auffuhr und jedem der Auftretenden einen Fahrtkostenzuschuss von zwanzig Mark in die Hand drückte, trug nur bedingt dazu bei, den Ereignissen ihren Schrecken zu nehmen.

Verglichen mit der darauffolgenden Lesung sollten sich die Stunden in Cottbus jedoch als echtes Amuse gueule erweisen. Diesmal war ich nach Bremen geladen worden und zwar in einen Club namens *Alles Könnte Anders Sein*, kurz *AKAS* genannt. Der Veranstalter war von edler Gestalt, die Fahrtkosten stimmten und auch an der Verpflegung gab es nichts auszusetzen, da auf dieselbe gleich ganz verzichtet worden war. Demgemäß hätte es ein erquickender Abend werden können, wenn nur der ein oder andere Zuhörer erschienen wäre. Leider herrschte vor der improvisierten Bühne gähnende Leere, sieht man einmal von dem halben Dutzend Junkies ab, das den 4 x 4 Quadratmeter großen Keller als Druckraum nutzte. Diese Klientel hatte verständlicherweise auf alles Mögliche Lust, nur nicht auf eine Störung der Totenruhe. Und so kam, was kommen musste: Kaum dass ich eine kurze Ansage in die Arena geschickt hatte, flogen auch schon erste Flaschen in meine Richtung.

Ich versuchte, mich damit zu beruhigen, dass auch andere Jahrtausendkünstler zu Beginn ihrer Karriere auf Unverständnis gestoßen waren (Iggy Pop zum Beispiel), bis ich bemerkte, dass die Flaschen *voll* waren. Und das war dann doch ein Grund, die Beine in die Hand zu nehmen.

Weit wohltuender war es da schon im AZ Heidelberg. An die dreißig junge Menschen mit erkennbar studentischem Hintergrund hatten sich dort im Halbkreis um mich versammelt und lauschten meiner baritonösen Stimme mit vorbildlicher Höflichkeit. Schade nur, dass nach den Texten niemand klatschen wollte.

Als ich mein Programm heruntergespult hatte und mir an der Theke ein erstes Feierabendbier genehmigte, fragte ich den adretten Kaffeehausrevoluzzer, in dessen Kleinkommune mir ein Schlafplatz zugewiesen worden war, nach dem Grund für diese Unhöflichkeit.

»Na, weil das einfach extrem schwulenfeindliche Scheiße gewesen ist, die du da gelesen hast.«

»Aber Schwule kamen in den Geschichten doch gar nicht vor.«

»Eben«, sagte mein Quartiermeister und griff, ohne freilich zu fragen, in meinen Tabaksbeutel.

Es folgten Legionen ähnlicher Torturen – trostlose Jahre, in denen ich mir abwechselnd vorkam wie ein Vertreter für Kondome aus Tierhaut oder ein Straßenmusikant, den die städtischen Büttel vor die Zufahrt zur Müllhalde verbannt hatten. Einen Höhepunkt erreichte die Leidenszeit mit dem Aufkommen so genannter Poetry Slams. Zugegeben, der sportliche Wettstreit in zum Bersten gefüllten Hütten ließ auch mich für eine kurze Weile glauben, das Himmelreich hätte seine Pforten bereits im Diesseits geöffnet. Bald schon aber musste ich erkennen, dass es der Pferdefüßige höchstselbst gewesen war, der mich auf dieses in den USA vorbestellte Terrain gelockt hatte. Mit der Vermittlung von Kulturgütern hatte der Slam nicht mehr zu tun als die Anzeigenabteilung des *Happy Weekend*. Der semi-akademische Pöbel wollte Opfer sehen und die bekam er auch: Blutjunge Lyrikerinnen, die formvollendet die eigene Entjungferung beschrieben, sahen sich plötzlich mit *Ausziehen-Ausziehen*-Rufen konfrontiert, während ältere Herren, deren satirische Prosa zugegebenermaßen etwas zäh daherkam, mit Knallkörpern und Kleintierkadavern unter Feuer genommen wurden. Kein Wunder, dass ich an der oralen Zurschaustellung meiner eigenen Produktpalette bald gänzlich die Lust verlor. Aber konnte ich mich so ohne weiteres von den Bühnen dieses Landes zurückziehen? War es für die Ware Schriftsteller nicht das oberste Gebot, sich immer und immer wieder »am Markt zu platzieren«? Waren »Präsenz und Kundennähe« nicht das Mindeste, was ich meiner Karriere schuldete?

Ich hatte mittlerweile einen kleinen Verlag gefunden, der so kühn gewesen war, ein paar meiner Kurzgeschichten in Buchform zu gießen. Dort würde man meinen verworrenen Gedankengängen sicher mit der nötigen Professionalität begegnen. Also rief ich die Chefetage an, die einzig und allein aus einem ehemaligen Fahrlehrer bestand.

»Ich hab keinen Bock mehr.«

»Sehr gut, ein Selbstmord würde die Verkaufszahlen sicher nach oben treiben. Vielleicht kannst du was Spektakuläres inszenieren. Hemingway oder Hunter S. Thompson fallen mir da ein ...«

»Ich hab keinen Bock mehr auf *Lesungen*!«

»Oh.«

»Ich kann die Leute nicht mehr ertragen, die sich im Publikum herumdrücken. All diese Klemmschwuchteln und Halborks, dieses finstere, unansehnliche Pack, das jederzeit in der Lage wäre, ein Highschoolmassaker zu verüben. Wenn wenigstens mal ein paar Lernschwestern dabei wären ...«

»Ja ... hm ... öch, öch, aber ohne die Lesungen läuft der Verkauf nicht.«

»Gibt's keine andere Möglichkeit?«

»Wie gesagt, Selbstmord wäre eine Option.«

»Und sonst?«

»Tja, etwas anderes Spektakuläres. Ein Flugzeug entführen, einen Politiker abstechen, einer Promischnalle ein Kind andrehen ...«

»Hm, ich glaub, dafür bin ich nicht der Typ.«

»Je nun, dann bleibt eigentlich nur Ellen Armchrist.«

»Wer?«

»Ellen Armchrist, die Tante mit dieser Fernsehsendung, *Lecken*, nee, *Lesen*.«

»Ach, die.«

»Wenn die dein Buch in die Kamera hält, gehören die einzigen Mikrophone, vor die du noch treten musst, einer Meute willfähriger Kulturjournalisten. Müsstest ihr halt ein bisschen schöne Augen machen ...«

»Und wie komm ich an die ran?«

»Das lass mal meine Sorge sein ...«

Zwei Monate später hatte ich eine Einladung für den deutschen Presseball im Briefkasten. Im beigefügten Schreiben wies mich der Verlagsmogul an, diese *einmalige* Chance ja nicht ungenutzt verstreichen zu lassen. Ich solle mich richtig reinhängen und auch vor dem Einsatz meines Körpers nicht zurückschrecken.

Ich lieh mir einen Smoking, überlegte kurz, ob ich, wie es seit neustem Mode war, meinen Brustkorb enthaaren sollte, entschied mich dann aber, nachdem ich mir die Traktate vor Augen geführt hatte, die Ellen in ihrer Sendung normalerweise anpries, für die Oldschool-Variante. Dann begab ich mich an den Ort des Geschehens, die *Alte Oper* zu Frankfurt.

Es herrschte der erwartete Auftrieb gut genährter Entscheidungsträger und öliger Schickeriaparasiten, und so war es kein Leichtes, Ellen Armchrist auszumachen. Ihre geringe Körpergröße tat das Übrige. Ich entdeckte sie schließlich an einem Tisch unweit des Büfetts. Umrahmt von einem führenden Scientologen und dem Herausgeber einer großen deutschen Tageszeitung hielt sie dort in der ihr eigenen charmanten Art Hof, das heißt, sie empfing im steten Rhythmus die übliche Mischung aus Gecken, Speichelleckern und Bittstellern. Der Andrang dieser hundsföttischen Bagage war derart groß, dass ich es vorerst für das Beste hielt, mich an die Bar zurückzuziehen.

Gut möglich, dass ich mich dort ein wenig zu lange mit dem erlesenen Sortiment alkoholhaltiger Stimmungsaufheller beschäftigte, als ich jedenfalls an Ellens Tisch zurückkehrte, war sie nicht mehr da. Sie hatte auf die Tanzfläche gewechselt, wo sie, wie ich alsbald feststellen musste, eine nur als gnadenlos zu bezeichnende Kondition an den Tag legte. Egal ob Slowfox oder Polonaise – sie ließ keine Nummer aus und verschliss im Verlauf der nächsten anderthalb Stunden gleich eine ganze Brigade verschwitzter Kavaliere. Ich beobachtete dieses Treiben nicht minder ausdauernd, verließ meinen Posten nur, um mir an der Theke mein Cocktailglas nachfüllen zu lassen. Und so war ich, als Ellen das Parkett endlich verließ, in der Lage – einem finnischen Bärenjäger gleich – ihre Fährte aufzunehmen. Zielstrebig schlängelte sie sich an den Tischen vorbei, zielstrebig folgte ich ihr, bis wir schließlich bei den Toiletten anlangten. Ellen trat durch die ihrem Geschlecht vorbehaltene Tür, ich hielt einen Augenblick inne. Dann dröhnten die mahnenden Worte meines Verlegers durch meine Gehirnkatakomben, und ich ermannte mich. Eine derart günstige Gelegenheit würde so schnell nicht wieder kommen. Keine Mätzchen jetzt!

Ich durchschritt die verbotene Pforte, als meine Beute gerade in einer der Kabinen verschwinden wollte. Jetzt war blitzschnelles Handeln gefragt.

»Entschuldigt, Euer Hochwohlgeboren, entschuldigt, ich bitte für einen Moment um Euer Gehör«, rief ich, während ich die letzten Meter im Sprint zurücklegte.

Ellen Armchrist wandte sich um. Nichts in ihrem Blick verriet Überraschung. Anscheinend war sie es gewohnt, dass man ihr bis auf die Toilette folgte.

Nachdem ich vor ihr zum Stehen gekommen war, musterte sie mich mit eher mäßiger Neugier. Was nun? Ich hatte mir im Vorfeld allerlei Gesprächsstrategien zurechtgelegt, war dabei aber von einem deutlich *größeren* Zeitfenster ausgegangen. Nun sagte mir mein Instinkt, dass mir höchsten zwanzig bis dreißig Sekunden blieben. Demgemäß entschied ich mich, mein Anliegen im Stakkatotakt vorzutragen und dabei auf jedwede Selbstachtung und jedweden Benimm zu verzichten.

»Schriftsteller ... Kurzgeschichtenband veröffentlicht ... todkranke Mutter ... schweres Leben ... «, sprudelte es aus mir heraus, bevor meine Ansprache schließlich in folgendem Schlusswort mündete. »Kurz gesagt, für ein paar Minuten Sendezeit würde ich alles tun.«

Ellen Armchrists Augen verengten sich.

»Wirklich *alles?*« fragte sie. Dann griff sie mir beherzt in den Schritt.

»Ja, alles«, stöhnte ich, während ich mich um einen möglichst lasziven Gesichtsausdruck bemühte.

Ich bereute es bereits, mir zu Hause nicht noch eine Hasenpfote in die Unterhose geschoben zu haben, aber die Frau, die mit einem Satz über Villenviertel oder Armenhaus entscheiden konnte, zeigte sich überraschend milde. Zwar verriet ihr gemurmeltes *hmm* eine unüberhörbare Skepsis, aber sie gewährte mir eine zweite Chance. Mit routinierten Bewegungen begann sie, mir Hemd und Jackett aufzuknöpfen. Keine Frage, dass ich Hoffnung aufkeimen fühlte. Ich war durchtrainiert, ich schlief regelmäßig bis in den Tag hinein, ich konsumierte synthetische Drogen nur an ungeraden Tagen, kurz: Ich war für meine neunundzwanzig Jahre ein durchaus schmucker Junge. Für den Bruchteil einer Sekunde sah ich meinen Namen bereits die *Spiegel*-Bestsellerliste anführen. Dann fällte Ellen Armchrist ihr vernichtendes Urteil: »Zuviel Brusthaar.«

Und damit hatte es sich; Das Fallbeil war unwiderruflich hernieder gefahren. (Und das, obwohl die Scharfrichterin in der Glotze doch immer so launig und aufgeräumt daherkam.) Seitdem lasse ich mich wieder für Lesungen verpflichten. Und zwar von jedem, der ein paar Kopeken oder einen Teller kalte Suppe erübrigen kann. Die Hände zum Himmel!

D.O.R.F.
[Daseinsformen ohne rechte Funktion]

Dem ehrenwerten
Kollegen V. Tanner gewidmet

Werner-Höfer-Brillen; aus den Resten von Leichensäcken gefertigte Umhängetaschen, die – diagonal über der verwachsenen Hühnerbrust getragen – Gegenstände beherbergen, die Kreativität und Geschäftigkeit vortäuschen sollen; Frisuren, die selbst ansehnliche Gesichter entstellen, asymmetrische, betont räudige Haarschnitte, die trotz ihrer vermeintlichen Unabsichtlichkeit vor jedem Spiegel, jedem Schaufenster neu in Form gebracht werden müssen.

Ein mondäner Laden irgendwo in Mitte, die Tische so niedrig, als ob sie aus einem Trainingslager für Geishas importiert worden wären; das Licht diffus; die Beschallung gedämpft, aber nervtötend – Elektrogefrickel aus der Werkstatt eines verstiegenen Onanisten, aufgenommen zwischen schimmelüberzogenem Abwasch und morschen Pizzaschachteln. Eine Atmosphäre wie beim jährlichen Treffen der *Anonymen Arschkrampen und ihrer Angehörigen*.

Unsere Bestellung wird von der androgynen Thekenkraft wie Aussatz behandelt. Egal, wir haben ausreichend Dosenbier in der mitgeführten Plastiktüte. Unser Reiseleiter treibt uns auf die Toilette, streut Amphetamine aus Böhmen auf den Spülkasten. Nasenbluten und lang anhaltende Spasmen sind die Folge.

Ansonsten tut sich wenig. Erst als ein Rudel volltrunkener, schwedischer Aupairmädchen das Lokal beehrt, hat die Totenmesse ein Ende. Mit kehligen Stimmen sondern die Skandinavierinnen Unflätiges ab, und wir wollen schon einstimmen in den Kanon aus Libido und Lebensfreude, aber der Reiseleiter mahnt zur Eile. Die Stadt ist groß, da kann auf Sentimentalitäten keine Rücksicht genommen werden.

Kastanienallee: eine dunkle, abgewirtschaftete Kaschemme mit zeckentypischer Sperrmüllbestuhlung. Im Hinterzimmer lungern ein paar syphilitische Punks am Kicker herum, renommieren mit eitrigen Scharten und Einstichlöchern, in die ein Sechsjähriger locker seinen Daumen stecken könnte. Ansonsten ist der Laden leer.

Wir nehmen an der Theke Platz, bestellen Flaschenbier und *Geschnetzeltes* aus der *Volxküche*.

»Nee, *Fleisch* ist da keins drin«, teilt uns die weibliche Bedienung auf Nachfrage mit. Die Piercings in ihrem Gesicht sehen aus, als wären sie beim Bastelnachmittag einer christlichen Jugendgruppe entstanden.

Gerade als wir damit begonnen haben, das Nahrungsimitat von einer Seite des Tellers zur anderen zu schieben, gesellt sich ein Eingeborener zu uns. Er trägt Lederjacke und Arbeitsschuhe und besitzt ein derart verwüstetes Gesicht, dass es schwer fällt, ihm nicht augenblicklich ein bisschen Abdeckcreme anzubieten. Unter ausgedünntem aber fettigem Haar, das ihm am Schädel klebt wie Lamettareste am entsorgten Christbaum, prangt die schrundige Fratze eines Schwarzbrenners. Wir kommen auf Fußball zu sprechen.

»Ah, Eintracht Braunschweig«, sagt er, nachdem ich ihm auf Nachfrage meinen Lieblingsclub genannt habe. »Die ham auch schon mal bessere Zeiten geseh'n.«

»Was die Leistung auf dem Platz angeht, bestimmt«, entgegne ich. »Aber im Hooliganwesen sind wir zurzeit durchaus championsleaguetauglich. Wir haben nach dem Fall der Mauer beeindruckende Verstärkung aus Magdeburg erhalten.«

Was scherzhaft gemeint war, ruft bei meinem Gesprächspartner eine gänzlich unerwartete Reaktion hervor.

»Ey, kommt ma rüba, wir ham 'nen Nazi im Laden!«, brüllt er in Richtung der Punks.

Die verspüren dankenswerterweise wenig Lust, ihre Schussgalerie zu verlassen. Kein Grund für meinen Widersacher, der »antifaschistischen« Sache den Tribut zu verweigern. Flink bringt er sich in die Senkrechte, dann hält er auch schon seinen Barhocker in den Händen, rückt – das Sitzmöbel wie eine Monstranz vorangetragen – gegen mich vor. Ich sehe mich gezwungen, meinen eigenen Hocker ins Spiel zu bringen, und so tanzen und fechten wir eine Zeit lang herum wie ferngesteuert – zwei Shaolinpantomimen beim Casting für eine Comedynummer im Kabel-TV –, bis mir der Reiseleiter irgendwann auf die Schulter tippt. Wir müssten weiter, raunt er, im *Kaffee Burger* würde heute ein waschechter Russe an den Plattentellern stehen, einer der sich die Füße nicht wäscht und Kontakte zur Mafia unterhält. Mit ein wenig Glück könnten wir beim Karaoke sogar eins seiner Bücher gewinnen. Denn der Spätaussiedler schreibt auch Bestseller.

Leider ist er schon gegangen, irgendein Sponsorentermin. Stattdessen lungert allerlei zwielichtiges Mannsvolk herum, das darauf aus ist, seine verklebten Laken mit den Schamhaaren von Literaturstudentinnen zu schmücken. Aber auch die sind schon weg, wenn sie denn jemals da waren. Und so werden die einzigen Frauen, die die Bumsdiele noch beherbergt – eine dralle Schwarzhaarige, deren Kinn schon seit unserem Eintreffen in einer Pfütze ihres eigenen Kotters lagert, und ein kesser Vater mit Ohrringen, groß wie Avocados – mit einer Intensität umworben, wie sie sonst nur in Flugzeugen zu finden ist, deren zweites Triebwerk sich gerade verabschiedet hat.

Der Andrang ist derart gewaltig, dass nicht jeder zum Zuge kommt, und nur so ist es wohl zu erklären, dass mir ein zwergwüchsiger Peruaner mit glasigen Augen zwei Minuten lang an den Arschbacken herumfuhrwerkt, bis ihm unser Reiseleiter endlich einen Bierkrug über den Schädel zieht.

Wir sollten uns nicht aufregen, sagt er, das sei das ganz normale Vorspiel zum Resteficken - einer Berliner Spezialität, die der Angst vieler Bewohner geschuldet wäre, zuviel Selbstbefriedigung könne ihre kleinstädtische Herkunft verraten. Wir müssten ohnehin voranmachen, die Nacht sei noch jung und das echte, also das pulsierende Herz der Metropole läge noch vor uns. Also auf ins *White Trash* zum Branntweinfassen. Aber obwohl gerade mal sechs Uhr früh, wird dort am Ausschank bereits schwer selektiert. Einzig einer Hand voll Stammgäste ist es vorbehalten, sich an den überteuerten Spirituosen zu laben.

Wir wollen uns schon, wahren Habenichtsen gleich, in die Büsche schlagen, aber da ist ja noch Ben Becker, Fischgrätenbennie. Pomadisiert und wohl beleibt hält er Hof im Kreise geckenhafter Enddreißiger, die davon träumen, ihre schmale Börse mit dem Produzieren von Hardcorepornos aufzubessern. Offensichtlich gerührt ob unserer Hungerleidermienen lässt der große Mime Menschlichkeit walten, reicht uns generös ein paar Gratisbiere aus dem Kühlschrank. Der Wirt, ein verkappter Psychopath mit Dschingis-Khan-Bärtchen und Halbglatze, dem der Elektroschocker mehr als locker im Halfter sitzt, muss eine geschlagene halbe Stunde warten, bis sein prominenter Gast samt Gefolge weitergezogen ist und er uns endlich auf die Straße prügeln kann.

Eigentlich könnte man jetzt an der Tanke einen gepflegten Absacker nehmen und dann ins Hotel einrücken. Aber die konsumierten Aufputschmittel zeigen eine ebenso späte wie durchschlagende Wirkung, wecken das Verlangen nach weiteren Stimulanzien. Kein Problem, sagt der Reiseleiter, er hätte da noch ein paar wirklich wüste Partys auf dem Zettel, alle schwerst subversiv und illegal. Und so geht es in wilder Hatz von einem Kellerloch zum nächsten, von Bauruine zu Bauruine, von Schweinekoben zu Wohnzimmerclub.

Scherben auf dem Boden und Exkremente an der Wand, Menschen die sich in endlosen Pirouetten einsam unter Diskokugeln winden; Vergnügen findet woanders statt. Reste von Alkohol dagegen finden sich beinahe allerorten, und so dauert es - böhmische Amphetamine hin oder her - nicht lange, bis unsere Reisegruppe erste Auflösungserscheinungen zeigt.

Ich selbst ertappe mich irgendwann dabei - ich muss wohl kurz das Bewusstsein verloren haben -, wie ich hysterisch auf ein Mädchen einrede, das aussieht wie Nena mit zwanzig, nur ohne Achselhaare, sie solle endlich anfangen, Schwedisch mit mir zu sprechen. Nachdem sie sich mit einem Ausdruck der Panik in den Pupillen empfohlen hat, sehe ich mich um. Eine Art Atelier, vermüllt bis unter die Decke; in der Ecke der Reiseleiter - einen Kanister Farbverdünner im Arm. Er scheint zu schlafen, hat sich offenbar eingenässt. Die restliche Besatzung unseres Ausflugdampfers ist nicht auszumachen. Wenn nicht jetzt, dann gar nicht mehr, durchfährt es mich, und obwohl ich nicht weiß, wie ich hierher geraten bin, schaffe ich es irgendwie auf die Straße. Zum Glück liegt das Hotel neben dem Fernsehturm. Der müsste doch zu sehen sein! Aber in welche Richtung ich mich auch wende, der abgegriffene Touristenmagnet will sich nicht zeigen. Egal, ich habe die Route deutlich im Gefühl, bin ja ein aufgeweckter Fahrensmann. Also beim nächsten Döner schnell zwei Halbe besorgt, dann losgetaumelt, wacker der rettenden Bettstatt entgegen. Die Straße ist so schnurgerade wie endlos, und nach knapp zwei Kilometern sind meine Kraftreserven aufgebraucht. Das Dosenbier, das seine Kohlensäure längst verloren hat, verursacht Brechreiz und muss entsorgt werden. Der Fernsehturm hält sich weiter versteckt, und mir dämmert langsam, dass ich mich, dass ich mich *definitiv* in der Richtung geirrt habe. Alles in mir drängt danach, sich einfach hier auf dem Pflaster in die Horizontale zu begeben. Die guten Sitten ignorieren, die vorbei hastenden Arbeitsdrohnen ignorieren, nur mal eben für zwei Minuten in den Heilschlaf fallen. Aber da ist diese verschissene, abartig feuchte Novemberkälte und diese Kälte hält mich aufrecht, bis ich die Straßenbahn entdecke. Sie steht an einer Haltestelle und scheint einzig auf mich zu warten. Wo sie hinfährt? Mir egal. Hauptsache warm, Hauptsache sitzen. So denke ich zumindest, bis sich hinter den beschlagenen Scheiben diese endlose Plattenbausiedlung abzeichnet. Himmel, was ist das? Marzahn? Was soll ich da? Mir die letzten Kippen und die Turnschuhe abziehen lassen? Ich bin kurz davor aufzugeben. Auch in der Ausnüchterungszelle lässt es sich gemütlich regenerieren.

Aber da lächelt mir zum ersten Mal, seitdem ich diesen nimmersatten Moloch betreten habe, das Glück entgegen. Wir erreichen die nächste Haltestelle, und da, keine zehn Meter entfernt, auf der anderen Straßenseite, steht doch tatsächlich ein Taxi. Das Schild auf dem Dach strahlt wie eine Marienerscheinung. Schnell aus der Bahn gestolpert und rein in die Droschke. Und als hätte ich damit noch nicht genug erfahren an göttlichen Segnungen, gelingt es mir in einem Akt ungeheurer Konzentration sogar noch mein Fahrtziel herauszustammeln.

»Forum Hotel. Aber mit Blaulicht.«

Damit der Obdachlosigkeit fürs Erste entronnen, gilt es nur noch eine Frage zu klären: Habe ich eigentlich noch Geld? Ich habe! Zwanzig Euro sollten reichen.

Dann endlich, gefühlte vierundzwanzig Stunden später: das Hotel! Mein persönliches Arkadien, meine Blutwäsche, mein Lungensanatorium. Die Zeitanzeige im Wagen steht auf kurz vor zehn. Da werde ich bis zum Auschecken beinahe zwei Stunden lang schlafen können. Zwei Stunden – mehr will ich gar nicht verlangen. Ich überlasse dem Kutscher meinen Schein. Dann schleppe ich mich durch die Vorhalle in den Aufzug. Fünfzig Meter den Flur entlang, jetzt nur noch die Karte durchs Türschloss ziehen und dann ab ins Nirwana.

Ich lasse den Magnetstreifen seinen Dienst verrichten, aber aus irgendeinem unerfindlichen Grund will die Tür nicht aufspringen. Also die Karte andersherum, dann noch mal gedreht und noch mal, aber nichts tut sich, der heilige Tempelbezirk bleibt mir verschlossen. Und da erst entdecke ich diesen Zettel, dieses unscheinbare Stück Papier, das mir direkt vor der Nase klebt: »Sehr geehrter Gast, bitte melden Sie sich an der Rezeption. Es sind Probleme mit Ihrer Kreditkarte aufgetreten.«

Ich lese das wieder und wieder, und weiß doch bereits nach dem ersten Mal, dass sie mir dieses Zimmer heute nicht mehr aufsperren werden. Denn *Probleme mit der Kreditkarte* – was kann das anderes heißen, als dass dem Scheißkonto der Deckhengst fehlt. Und so lasse ich mich schließlich niedersinken auf den verdreckten Flurteppich, endgültig besiegt von dem, was da in bunten Broschüren *Hauptstadtfeeling* genannt wird. Und ich will schon in Tränen ausbrechen, als mir in einem Moment absoluter, gottgleicher Klarheit die angemessene Reaktion auf diese Demütigung in den Sinn kommt: Berlin muss brennen! Diese Steinwüste mit ihrer Kleingartenmentalität, dieser lächerliche, heruntergekommene Popanz mit seiner vorgegaukelten *Kiezharmonie* und seinem nie eingelösten Versprechen eines multikulturellen Zusammenlebens muss in Flammen aufgehen. Und mit ihm all die Fahrradkuriere in ihren neckischen Latexhöschen; all die Fitnesshengste und Freizeitdominas; all die Kaffeehausrevoluzzer und Salonphilosophen; die ewigen Berufsjugendlichen; die Technojünger; die Schnorrer und Wegelagerer; die Türstehermafia; das Nazipack; die

Möchtegernschriftsteller; die definitiv Reichen und die vermeintlich Schönen; die Ecstasyjünger und Koksköpfe; all die hippen und groovy Gestalten, die dem Trend schon nachhängen, wenn er ihnen nur aus irgendeinem Szenemagazin entgegenlacht; all die Ostpocken, die noch nie in Kreuzberg waren; der lebenslustige Bürgermeister; die Schmalspurganoven; die altbackenen Kabarettisten; der intellektuelle Pöbel, der vorgibt, sich für Fußball zu interessieren; die Performancekünstler; die Videokünstler; die Slammer; all das HipHop-sozialisierte Volk, das glaubt in Compton, Los Angeles zu leben; und Rolf Eden natürlich. Der zuallererst!

Diesem Gedanken folgend durchwühle ich meine Jacke. Und als ob der Allmächtige höchstselbst meinen Plan gutheißen möchte, lässt er mich ein letztes Streichholz finden. Ich lasse einen weihevollen Moment verstreichen. Dann entzünde ich es, halte das Hölzchen - das reinigende Inferno schon vor Augen - an den Teppich, bis es mir die Fingerkuppen ansengt und kläglich verglimmt.

Und da erst fällt mir ein, dass es vielleicht besser gewesen wäre, mir vorher eine Zigarette anzustecken.

Nibelungensiedlung

Jedes Mal, wenn einer meiner Texte kurz vor der Vollendung steht, wird mein Resthirn von einer unbezwingbaren Lähmung heimgesucht. Ich weiß, oder erahne zumindest, dass es höchstens zwei, drei Sätze bräuchte, um den Stoff endlich fertig zu bekommen, bringe aber keine gescheite Zeile mehr zustande. Und so bleibt mir normalerweise nichts anderes, als irgendwann aufzustecken und das, was ich schon am Anfang einer jeden Arbeit wie nichts anderes herbeisehne, nämlich einen Punkt hinter das letzte Wort zu setzen, am nächsten Tag noch einmal zu versuchen. Ausgerechnet bei einer Geschichte, mit der ich mich schon von Beginn an herumgequält habe wie mit einer Nagelbettentzündung – einem Text über einen Drogenfahnder, der sich nach zwölf Jahren Dienstzeit zur Frau umoperieren lassen möchte –, ist das anders. Ich komme zum Ende, will der erwarteten Blockade schon die Hand reichen, aber die Blockade ist anscheinend in der Sommerfrische oder sonst wie verhindert, jedenfalls bringe ich den letzten Absatz zu Papier, ohne auch nur einmal ins Stocken zu geraten. Ich will es selbst nicht glauben, lese das, was mir da beinahe ohne Anstrengung aus dem Schädel gekrochen ist, noch einmal durch. Aber da ist nichts, was ich bemängeln könnte. Der Text wirkt wie aus einem Guss. Das Ende – der Bulle krepiert live auf Kerners Couch an einer Überdosis *Morphin Retard* – scheint perfekt. Kein Wunder, dass mich eine unbändige Lust überfällt, mir eine Belohnung zuzuführen. Da ich weder über eine gelenkige, ganzkörperrasierte Mätresse noch über Designerdrogen verfüge, fällt meine Wahl auf Alkohol. Im Haus habe ich nichts, aber es ist erst zwei Uhr morgens, da müsste in der mittelgroßen Stadt, in der ich wohne, noch ein Zapfhahn offen sein – selbst in der Nacht von Dienstag auf Mittwoch.

Ich entschließe mich, mein Glück im *Kottan* zu versuchen. Hier verkehrt ein eher hardrocklastiges Publikum: Kuttenträger (mit und ohne Motorrad) und die dazugehörigen, lieblos tätowierten Wohnmobilpomeranzen, von ihren Beschützern gern auch *Einzeller* genannt. Nicht unbedingt das, was man Wohlfühlatmosphäre nennen kann, aber für die zwei, drei Bier, die ich zu trinken gedenke, braucht es keine gediegene Umgebung. Frohgemut packe ich mich in die Jacke, dann eile ich der verdienten Auszeit entgegen.

Das *Kottan* hat in der Tat noch geöffnet. Sinnbetäubender Partytaumel ist es allerdings nicht, was mich dort empfängt.

Hinter der Theke döst – den kahl rasierten, von braunrotem Grind überzogenen Kopf auf zwei fleischige Hände gestützt – der in ein fleckiges Unterhemd gewandete Besitzer vor sich hin, davor klammert sich traumversunken ein einzelnes Pärchen aneinander. Es riecht verdächtig nach Sperrstunde.

Ich wage dennoch eine Bestellung und werde entgegen jeder Erwartung mit einem Happen Menschlichkeit entlohnt.

»Wollt eigentlich gleich dicht machen, aber weil du es bist ...«, sagt der Wirt, ganz so als ob wir in irgendeiner Form miteinander bekannt wären. Dann beginnt er, während er uns beiden je ein *Wolters* zapft, gänzlich unaufgefordert von seiner sechzehnjährigen »Ficke« zu erzählen, die er vor kurzem in der »Zone« kennen gelernt haben will. (Er selbst geht schwer auf die Fünfzig zu.) Zum Bier reicht er mir Stücke eines wirklich übel riechenden Camemberts, den er laut eigener Aussage zwei Jahre zuvor aus dem Frankreichurlaub mitgebracht hat. Zwölf

Jahre erscheinen mir persönlich glaubhafter. Egal. Ob der mir entgegengebrachten Herzlichkeit sehe ich mich außerstande, dem aufkommenden Brechreiz das Regiment zu überlassen. Mit *frisch gepresstem* Gerstensaft lässt sich ja allerlei herunterspülen. Angenehmer Nebeneffekt dieser an den Tag gelegten Selbstzucht: Von dicht machen ist mit einem Mal keine Rede mehr. Im Gegenteil, keine sechzig Minuten später steht fest: Das hier wird länger dauern. Die Frequenz, mit der mir, ohne dass ich sie geordert hätte, weitere Biere aufs polierte Holz gestellt werden, hat sich deutlich erhöht; die bei meinem Eintritt auf dem Plattenteller rotierende *Best of Girlschool* ist längst durch Chansons ersetzt worden. Gesprächsthema sind immer noch die Metzen, mittlerweile ist allerdings die Ex-Frau meines Gegenübers in den tränenfeuchten Ring gestiegen.

»Die war echt taff, meine Alte. Hat auf 'nem Campingplatz in Toulon mal 'ner Reinigungskraft ein Stück aus der Wange gebissen. Da kann die Ramona nich' mithalten ... Nee, so süß wie die is', da kann sie echt nicht mithalten ...«

Ich bin trotz der Gratisbiere nur mäßig bei der Sache, kommentiere den alkoholbedingten Mitteilungsdrang mit einer Variation unbestimmter Grunzlaute.

Als sich der Vortragende irgendwann Richtung Latrine empfiehlt, habe ich zum ersten Mal Gelegenheit, das Pärchen in Augenschein zu nehmen. Die beiden sind ein paar Jahre älter als ich und bestechen durch eine erquickende Gegensätzlichkeit. Er ist klein und schmächtig, sie einen guten Kopf größer und von gewaltiger Leibesfülle. Mit ihrer randlosen Brille, dem mittelgescheitelten, langen Haar und ihrem sackartigen, mit Batikmotiven verzierten Gewand erinnert sie mich an genau die Sorte engagierter Mädchen, die sich während meiner Jugend in der Schülervertretung tummelte und auch sonst stets die Fahne gesellschaftlicher Mitverantwortung hoch hielt. Ihr Begleiter wirkt mit seinem ausgedünnten Fusselhaar und seinem eingefallenen Dutzendgesicht einfach nur nichtssagend – ein abgelassenes Schwimmbecken, in dessen Ecken sich verrottete Blätter türmen. Ein leichtes Angriffsziel, eine Gunst des Schicksals, die es zu nutzen gilt. Bevor der Wirt erneut die Möglichkeit erhält, mich mit seiner Litanei zu kasteien, schiebe ich mich an die beiden heran und eröffne das Match mit einer Bemerkung, die ihre Wirkung unmöglich verfehlen kann.

»Tja, die *Republik Freies Wendland.* Meine große Schwester war damals auch dabei, trug sogar gebatikte Gummistiefel ...«

Die Braut reagiert, wie erwartet, mit einem erstaunten *Wie bitte, was?* Der Typ dagegen schweigt, womit er die Grenzen des Kalkulierbaren auch nicht unbedingt sprengt.

Ich setze nach, bringe die Begriffe *Freie Liebe* und *Gemeineigentum* ins Spiel – natürlich in diesem neckisch provozierenden Tonfall, der vermitteln soll, dass es mir einzig und allein um ein spielerisches Kreuzen der Zungen geht, nicht darum, hier wirklich beleidigend zu wirken.

Die Bebrillte, die sich alsbald als Dagmar vorstellt, geht erfreulicherweise darauf ein, und siehe da: Sie hat sich tatsächlich im Wendland herumgedrückt, ist mit Latzhose und Wandergitarre energisch gegen den Bauzaun des Brokdorfer AKWs marschiert. Ob ihr Begleiter, der auf den Namen Rainer hört, ebenfalls dabei war, bleibt im Dunkeln. Er zieht dem geselligen Austausch von Lebenserinnerungen die Zwiesprache mit seinem *Bacardi Cola* vor. Die Geschwindigkeit, mit der er dabei zu Werke geht, widerlegt meine anfängliche Vermutung, er könne sich seine Figur vielleicht durch Ausdauersport erworben haben. Dagmar – »Kannst Daggi zu mir sagen« – hält sich an Weizenbier, befindet sich, was das Ansaugen und Weiterpumpen betrifft, aber auch nicht gerade auf der Kriechspur. Ihre geröteten Bäckchen und Rainers stierer Blick lassen erkennen, dass die beiden auf dem Weg Richtung Bewusstseinsverlust bereits eine größere Strecke zurückgelegt haben. Ich entscheide mich aufzuschließen und ordere einen Jägermeister.

Der Wirt, von seinem Ausflug ans Pissbecken zwischenzeitlich zurückgekehrt, leistet meinem Wunsch ausgesprochen missmutig Folge. Unübersehbar mangelt es ihm an Aufmerksamkeit, und noch bevor die nächste Bestellung bei ihm eingegangen ist, lässt er verlauten, dass er nun doch ins Bett möchte. Seine bedürftige Kundschaft, die ob des genossenen Alkohols die Grenze zwischen Vernunft und Gier längst überschritten hat, lässt sich von dieser Botschaft nur mäßig beeindrucken. Nach kurzer Diskussion wird die Idee geboren, in die *Bratröhre* umzusiedeln. Die befindet sich auf der *Gurke* (einer abgegrenzten Bordellmeile ähnlich der Hamburger Herbertstraße), hat von vier Uhr morgens bis weit in den Nachmittag hinein geöffnet, bietet Flaschenbier und steinharte Buletten feil und besitzt eine Musicbox, deren Songangebot zum letzten Mal 1979 verändert worden ist. Für Menschen, die der realen Welt samt ihren modischen Verirrungen, ihren unversöhnlichen Regelmäßigkeiten und ihren harten Gesetzen von Tag- und Nachtwende entfliehen wollen, also genau die richtige Heimstatt.

Ich lasse an die zwanzig Mal *Komm unter meine Decke* von Gunter Gabriel laufen, werfe zwei Buletten ein, trinke abwechselnd Bier und Doppelkorn dazu und werde irgendwann keck. Aus einem unerfindlichen Grund - vielleicht die Buletten, vielleicht Gunters Sandpapierstimme - erscheint es mir plötzlich geboten, die Wirkung meines vorstädtischen Charmes zu erproben. In Ermangelung anderer Weibspersonen - außer unserem erlebnishungrigen Trio befinden sich nur noch ein ehemaliger Anreißer mit Korsakov-Syndrom und zwei georgische LKW-Fahrer in der Schenke - fällt meine Wahl dabei zwangsläufig auf die Atomkraftgegnerin. Zweifellos ist dieses wahnwitzige Manöver und das damit beginnende Verhängnis der unglückseligen Wirkung geschuldet, die der Suchtstoff Alkohol auf meinen Organismus ausübt. Nicht Wenige, die das Gift im Falle einer Überdosierung einfach der Toilettenschüssel überantworten; nicht Wenige, die sich aus der feuchtfröhlichen Runde klammheimlich davonstehlen, indem sie sich wortlos dem Schlaf anheim geben – mich dagegen übermannt nach dem zwölften Bier regelmäßig eine wenig erbauliche Mischung aus Irrsinn und Abenteuerlust, begleitet von der schier unerschütterlichen Fähigkeit, kein Ende zu finden. Und so mache ich dem Hundertdreißig-Kilo-Körper neben mir, der zum Teil recht unschön über die Sitzfläche des Barhockers lappt, unflätige Avancen, obwohl doch irgendwo hinter all dem Flimmern und Rauschen in meinem Gehirnkasten ein Sachbearbeiter mahnende Worte ausstößt. Dagmar, die über eine nicht minder abartige Trinkfestigkeit verfügt, scheint auf diesen Moment nur gewartet zu haben. Kaum dass die ersten Schweinereien in ihrem Gehörgang verschwunden sind, drängt sie sich an mich und bohrt mir nasses Fingerfleisch in den Nacken, während eine ihrer fußballgroßen Brüste Kontakt mit meinem Oberarm aufnimmt.

Rainer nimmt's gelassen, beziehungsweise gar nicht zur Kenntnis, ist, den Kopf an ein blinkendes Groschengrab gelehnt, bereits ins tröstliche Dunkel getaucht.

»Du wolltest mir schon die ganze Zeit an die Titten, hmm?!«, schmatzt mir seine Gespielin ins Ohr. »Komm, darfst ruhig mal anfassen ...«

»Später, okay?!«, sage ich, weil sich die Trunkenheit für einen kurzen Moment aus meinem Resthirn zurückzieht und ihren Platz der Panik überlässt.

Hastig löse ich mich aus der Umklammerung, zünde mir eine neue Zigarette an und denke an etwas, das wie meine Wohnung aussieht. Aber da steht schon der nächste Jägermeister vor mir und entzieht jedwedem Fluchtgedanken die Berechtigung. Der Wahnsinn kann weiter seinen Lauf nehmen, und tut es auch.

Dagmar wuchtet sich vom Hocker und beginnt zu den Klängen von *Er gehört zu mir* eine Art Flamenco aufzuführen. Ihr Bewegungsablauf kommt dabei nur mäßig koordiniert daher, ist aber aufreizend genug, um den Korsakov-Geschädigten zum Mittun zu bewegen. Und auch ich geselle mich - von allen guten Geistern verlassen - dazu, lege eine kesse Sohle aufs Parkett. Wir schaffen uns richtig rein: ich auf den Knien, die klatschenden Handflächen gen Himmel gereckt; der ehemalige Koberer in einen Engtanz mit Dagmars Barhocker verstrickt; Dagmar selbst mit gerafftem Kaftan und imaginären Kastagnetten in den Fingerballons. Karneval in Braunschweig und ich bin dabei!

Gefühlte zwei Jahrzehnte später befinden wir uns plötzlich auf der Straße. Gleißendes Licht in den Pupillen, in den Beinen nichts als Kleister. Offenbar hat irgendwer von uns ein Taxi bestellt. Ich selbst vielleicht? Ich kann es nicht sagen. Genauso wenig könnte ich Auskünfte über unser Fahrtziel erteilen. Nichtsdestotrotz quetsche ich mich neben meine Tanzpartnerin auf die Rückbank. Erstaunlicherweise hat es auch Rainer ins Freie geschafft. Benommen klettert er auf den Beifahrersitz. Den Koberer haben wir abgehängt. Schade, er hatte einen Hüftschwung wie der junge Peter Kraus.

«In die Schunterstraße. Aber erst mal zur Tanke«, weist Dagmar unseren Kutscher an.

Der tut wie ihm geheißen und bringt uns zu einer nahe gelegenen ARAL-Filiale. Dort sorgt die Frau, die offenbar die Führung über unsere weiteren Unternehmungen übernommen hat, für Getränkenachschub. Zwei Plastiktüten voller Dosenbier werden an Bord genommen, dann geht es einem mir unbekannten Ziel entgegen.

Während ich mich vergebens darum bemühe, mein Einwegfeuerzeug in Gang zu bringen, wird Rainer plötzlich munter.

»Anhalten! Sofort anhalten!«, schreit er mit einem Mal, gerade als die Ampel vor uns auf Grün gesprungen ist.

Der Fahrer zeigt sich ob dieser Anweisung ein wenig irritiert und gibt verhalten Gas, aber Rainer lässt nicht locker.

»Muss raus. Muss die Ernte einhol'n!«, brüllt er, während sein Zeigefinger hektisch ein Ziel zu fixieren versucht.

Wo auch immer er hin will – zu unserer Rechten befindet sich eine Kinderklinik, zur Linken ein Straßenbahndepot – seine Worte haben etwas Unheimliches. Das scheint auch der Wagenlenker so zu sehen. Ergeben steuert er den nächsten Bordstein an.

Sein Beifahrer hinterlässt ihm einen kurzen Gruß, während er überraschend behände aus dem Wagen klettert: »Immer schön im Schatten bleiben, Alter.«

Auch für mich hält er eine letzte Botschaft bereit.

»Häng ein Grundblei dran«, flüstert er, bevor er der Tür einen Tritt versetzt.

Jesus, ein Wanderprediger! Ich komme nicht daran vorbei, sein Verhalten zu kommentieren.

»'n bisschen seltsam, dein Freund«, sage ich an Dagmar gewandt.

»Freund? Wieso Freund? Ich kannte den gar nich'.« Sie gibt mir ein Bier.

Ich schlucke wie eine Stopfgans im harten Griff der Bauersfrau.

Gerade als ich die Büchse aus dem Fenster schmeißen will, stoppt die Droschke erneut. Die Gegend ist mir wohlbekannt, jahrelang hat mich mein Schulweg hier durchgezwungen. Zweistöckige Mietskasernen aus den Fünfzigern, von der dazugehörigen Baugenossenschaft mit einem blassen Anstrich versehen, der alles Mögliche kaschiert, nur nicht die ihnen innewohnende Trostlosigkeit.

Ich gehe schwer davon aus, dass meine neue Eroberung hier zu Hause ist. Aber jetzt ist auch schon alles egal. Dagmar hat das Bier, ich habe Durst. Wer die Reste seiner Jugend der *Bratröhre* opfert, dem darf die Nibelungensiedlung nicht die Laune verderben.

Daggi zahlt, dann lotst sie mich zu einem der Eingänge.

Ein Stockwerk höher empfängt mich eine Wohnung, die dem Äußeren der Häuser nichts entgegenzusetzen hat. Anderthalb Zimmer, Küche, Bad, niedrige Decken, vergilbte Tapeten. Auch die Einrichtung kommt ernüchternd daher. Vom alten Teesockencharme ist nicht mehr viel übrig: zwei gespannte Tücher an der Wand, ein Tonbandgerät aus Vatis wilder Phase, ein paar Möbel vom Sperrmüll – das war's; keine Pflanzen, keine Bücher, keine Poster mit kämpferischen Politparolen.

Meine Gastgeberin fläzt sich in einen Sessel, ich lasse mich auf einem altersschwachen Sofa nieder. Das weitere Programm besteht aus besinnungslosem Trinken und sinnentleertem Geschwätz, umrahmt vom satten Qualm gigantischer Haschzigaretten, die Dagmar alle zwanzig Minuten mit einer Gier inhaliert, die an jagende Ameisenbären erinnert. Auf ihre Frage, ob auch ich mal ziehen wolle, schüttele ich den Kopf. Ich muss diesem Dosenbierberg zu Leibe rücken, dabei kann ich keine Ablenkung gebrauchen.

Als sich plötzlich die Türglocke meldet, gerate ich für einen Moment aus der Fassung. Das durchdringende Geräusch bedeutet nichts weniger als ein Signal aus der Außenwelt. Aber wie kann die hier eindringen in diese Enklave aus Stillstand und Zeitlosigkeit?

Daggi nimmt den Angriff auf unseren Kokon weitaus gelassener, erhebt sich schwerfällig und schlappt Richtung Tür.

Als sie zurückkehrt, hat sie eine Schwarzhaarige um die Dreißig im Schlepptau. Kurze Vorstellung: Anja, die Nachbarin. Sie ist zum Haschkaufen gekommen. Denn Dagmar raucht nicht nur, sie treibt auch Handel. Während sie professionell mit der Federwaage hantiert, unterzieht mich ihre Kundin unverhohlen einer Musterung. Herrenbesuch scheint in dieser Wohnung ein eher seltenes Ereignis darzustellen.

Zum Glück bin ich abgefüllt genug, um dem Unglauben in ihren Pupillen die Stirn zu bieten. Ich knacke eine weitere Dose und proste ihr zu.

Nachdem Anja – um zwei Gramm grüne Platte reicher – wieder verschwunden ist, setzt sich Dagmar, ohne dass es dafür einen erkennbaren Grund geben würde, neben mich aufs Sofa. Kurze Zeit später geschieht das Unfassbare: Ohne dass ich ihr den Befehl dazu gegeben hätte, knetet meine Rechte plötzlich eine dieser riesigen Brüste. Das, was sie fühlt, wirkt unecht – weich und zerknautscht wie ein Daunenkissen. Aber das ist nicht der Punkt. Entscheidender ist die Frage, wie ist sie dahin gekommen? Ich kann mich nicht erinnern, habe wahrscheinlich für einen kurzen Moment das Bewusstsein verloren. Schnell ziehe ich meine Tentakel wieder ein. Aber dem, was dieses unbedachte Manöver in Bewegung gesetzt hat, entkomme ich damit nicht.

Dagmar öffnet die Augen (ihre Brille ist mit einem Mal verschwunden) und sieht mir angriffslustig ins Gesicht.

»Hey, was'n los? Schiss?«

Natürlich habe ich Angst, Angst vor dem Rausch und den Abgründen, die er freizulegen vermag. Aber das scheint mir in diesem Moment nicht die geeignete Antwort zu sein.

»Nee, nee. Hab nur keinen Bock, dass das hier im Geschlechtsverkehr endet«, sage ich stattdessen.

»Ach, komm schon«, bettelt sie. »Greif noch mal zu. Ich bin eine Ewigkeit nicht mehr gefickt worden.«

Himmel, meine letzte fremdbestimmte Ejakulation liegt ebenfalls schon ein paar Monde zurück, aber das kann doch nicht der Grund sein, hier alle Hemmungen und guten Sitten fahren zu lassen. Ich versuche das Thema zu wechseln, spreche von den Gefahren und Widrigkeiten des Drogenhandels, nötige meiner Gastgeberin ein weiteres Bier auf, aber Dagmar kommt von ihrem einmal gefassten Plan nicht mehr los. Sie jammert und greint, bittet und droht, und versteigt sich schließlich zu der Aussage, dass es schon genügen würde, wenn ich ihr meinen Schwanz *nur mal kurz reinstecke*.

Ich bin, weiß Gott, zugesoffen. Ich bin genervt und willensschwach, aber ich habe noch genügend Klarsicht, um zu erkennen, dass ich aus dieser Nummer nicht mit Höflichkeiten herauskomme. Und so überlasse ich dem Teufel, der mich reitet, die weitere Gesprächsführung nur allzu bereitwillig.

»Also gut. Aber ich will nur deinen Arsch sehen.«

Dagmar schluckt das einfach, murmelt ein Schicksals ergebenes *ja, okay* und trabt davon. Wahrscheinlich ins Schlafzimmer.

Ich kann diese Reaktion nicht fassen, sehe ihrem wabernden Kaftan hinterher; vor dem Testbild auf der rückwärtigen Leinwand meines Schädels dreschen Allmacht und Schamgefühl mit allerlei scharfkantigen Waffen aufeinander. Etwas Unaussprechliches, etwas Bösartiges hat sich in den Raum geschlichen. Unfähig mich zu bewegen, halte ich mich an meinem Bier fest, hypnotisiere die nikotingetränkte Tapete. Minuten vergehen, nichts geschieht, nichts ist zu hören. Die gesamte Wohnung wirkt schallisoliert, strahlt Kälte und Hoffnungslosigkeit aus. Ich bin fest entschlossen, auf dem Sofa auszuhalten, bis etwas außerhalb meiner Existenz die Führung über mein Handeln ergreift, aber irgendwann meldet sich meine Blase zu Wort und zwingt mich ins Badezimmer. Gegenüber liegt der Eingang zu Dagmars Bettstatt. Vielleicht ist sie eingeschlafen. Nachdem ich mich erleichtert habe, trete ich vorsichtig auf die Schwelle und werfe einen Blick hinein.

Sie ist wach, kniet – das Gesicht zur Wand; dieses unsägliche sackartige Kleid über die Hüften gezogen – auf einer zerwühlten Bettdecke und streckt mir wie anbefohlen den Hintern entgegen. Orangenhaut, gerötete Dellen, weißes Fleisch, unendlich viel Fleisch, zu ihren unförmigen Füßen ein verwaschener Baumwollslip. Es ist obszön und es ist demütigend, für sie *und* für mich, und ich müsste eigentlich abhauen, einfach die zwei Meter bis zur Wohnungstür stolpern, aber ich kann nicht, stehe vor dieser surrealen Kulisse wie einzementiert.

Dagmar hat mich ohnehin bemerkt.

»Na los, komm schon«, sagt sie, während sie das Kreuz noch ein wenig weiter durchbiegt, und mir wird klar, dass ich etwas tun muss, dass ich sie unmöglich *so* da liegen lassen kann. Aber was? Selbst wenn ich sie ficken *wollte*, ich würde keinen Steifen bekommen.

Ich mache drei Schritte zu ihr hin, schiebe mich – jetzt ebenfalls auf den Knien – zwischen ihre gespreizten Beine und zwänge meine rechte Hand durch das verschwitzte Fett ihrer miteinander verwachsenen Oberschenkel. Schamhaar, soviel wie seit meiner Schulzeit nicht mehr; schleimige Nässe; Wehrlosigkeit. Ich gebe mir keine Mühe, bohre ohne Zärtlichkeit Zeige- und Mittelfinger in die sich weitende Möse, beginne roboterhaft den Arm zu bewegen. Im Zimmer ist es taghell, der dünne Stoff vor dem Fenster schützt zwar vor Blicken, nicht aber vor Sonneneinstrahlung. Ich sehe einen braunen Schrank mit beschädigter Tür, einen Berg ungewaschener Klamotten, eine nackte Birne an der Decke. Dagmar stöhnt ein bisschen, sondert streng säuerlichen Geruch ab. Ich variiere das Tempo, gebe meinen Fingern einen weiteren dazu, aber das Stöhnen steigert sich nicht. Wie auch?! Armseliger kann Sex nicht sein.

Das sieht auch Dagmar so.

»Fick mich. Fick mich richtig, du Arschloch!«, sagt sie, seltsam sanft, während sie einen Blick über die Schulter wirft.

Mir bleibt nur der Offenbarungseid: »Tut mir leid, aber ich krieg keinen hoch.«

Dagmar verkennt die Botschaft, glaubt, meine Weigerung sei noch Teil des Spiels.

»Na, dann komm her«, haucht sie. »Ich lutsch ihn dir, ich lutsch ihn dir schön hart. Das willst du doch, oder?«

Es liegt nicht an dieser Unterstellung, dass plötzlich Wut in mir aufsteigt. Nein, was mich den letzten Rest Anstand fahren lässt, ist dieses Würdelose, dieser absolute Mangel an Stolz, der mir da – von einer hautfarbenen Folie gespiegelt – entgegen quillt.

»Hör zu, ich *kann* dich nicht vögeln. Du bist mir zu fett. Du bist mir einfach zu fett«, stoße ich hervor, während sich meine Finger mit einer schnellen Drehung aus ihrem Leib zurückziehen.

»Hey, was soll'n das? Warum sagst'n so'n Scheiß? Ich kann doch nichts dafür. Ich kann nichts für meine Figur. Ich hab 'n scheiß Leben, ich hab Angstzustände, ich hab Depressionen. Was soll ich denn machen?«

Während sie das sagt, setzt sie sich auf, zieht sich das Kleid über die Knie. Ich sehe Tränen über ihre Wangen rinnen. Aber das versiegelt meine Lippen nicht, macht mich im Gegenteil nur noch wütender.

»Treib Sport. Kauf dir 'nen Hund und geh Spazieren. Mach irgendwas. Aber quatsch mich nicht voll«, schnauze ich sie an – dreist wie ein Spießer, der sich in einer dieser mittäglichen Talkshows zu Wort meldet.

Dagmar weint, weint jetzt hemmungslos. Aber ich kann nicht aufhören, verpacke den Ekel vor ihr, vor mir selbst, vor dieser kranken Situation in die haltlose Ansprache eines Herrenmenschen.

Als ich endlich genug habe, reicht es gerade mal für ein halbherziges »Tut mir leid, bin ’n bisschen abgefahren ...«.

Dagmar geht mit keinem Wort darauf ein. Sie putzt sich die Nase und sieht mich an.

»Und jetzt? Was machen wir jetzt?«, fragt sie. Und da ist immer noch Hoffnung in ihren glasigen Pupillen.

»Ich hau ab!«

»Bleib doch noch. Nur ’n bisschen. Lass uns das Bier austrinken. Wir müssen ja nicht vögeln.«

»Geht nicht. Ich hab ’ne Verabredung.«

»Wann denn?« Dagmar sieht mich skeptisch an, kann sich nicht vorstellen, dass jemand nach durchzechter Nacht noch Verabredungen einhält.

»Um drei«, sage ich in der Hoffnung, dass der Radiowecker neben ihrem Bett nicht im Arsch ist. Er zeigt vierzehn Uhr fünfundvierzig an.

Anscheinend geht er. Dagmar gibt auf, fragt nichts mehr, bohrt nicht mehr nach, hat nur noch eine letzte Bitte an mich.

»Okay, dann hol mir vom Kiosk wenigstens noch zwei kleine *Bommerlunder*, ja?«

Zu guter Letzt ein Medley sämtlicher Chart-Platzierungen:

Monstren, Mumien, Mutationen

Mit schier übermenschlichem Willen habe ich eine regionale Arbeitstagung des Bundes kritischer Onanisten e.V. bewältigt und nun warte ich darauf, dass das Rotlicht an der Kreuzung Guillaume-Allee / Tschiang-Kai-tschek-Platz endlich zum Schichtwechsel abtritt, als mir ein fetter Hamster auf die Windschutzscheibe klatscht. Da hat wohl irgendwer an seinem Gameboy-Ersatz kurzerhand die Freude verloren ... Ich versenke die Scheibe zu meiner Linken, schiebe meinen Kopf in die Abgase hinaus und richtig: Keine fünf Meter über mir, auf dem Balkon eines Appartementhauses, steht ein blondbezopftes Mädchen mit einem Karton in der Hand.

Gerade hat es ein weiteres Pelztier aus der Schachtel geholt, dessen strampelndes Laufwerk einen gewissen Unmut erkennen lässt. Eine Aktion, die ich als langjähriger Abonnent der Zeitschrift *Fisch und Fang* nicht unkommentiert lassen darf.

»Hey, du *weißt*, dass das wehtut, oder?«, rufe ich nach oben.

Das Mädchen gönnt mir einen kurzen Blick, bevor es mir mit zarter Kinderstimme eine Antwort zuteil werden lässt.

»Halt dein scheiß Maul und sieh zu, dass du Land gewinnst, Arschfotze!«

Nun bin ich durchaus bereit, der zukünftigen Elite unseres Landes gewisse Freiheiten zuzugestehen, auch und gerade was die sprachlichen Umgangsformen betrifft. Nicht wenige, die heute in Amt und Würden logieren, haben in ihrer Jugend ein Schandmaul vor sich hergetragen. Erinnert sei an dieser Stelle nur an den ehemaligen *Fernsehpfarrer* Jochen »ich tätschle dir das Knie, bis der Arzt kommt« Hummel, der im zarten Alter von neunzehneinhalb nicht nur durch eine ungewöhnliche Frisur, den so genannten Afrolook, von sich reden machte, sondern auch durch markerschütternde Sottisen der Sorte *Fick den Papst, dann hilft dir Gott.*

Ein bisschen Rotzlöffelgehabe muss sein, ganz klar. Das eben Gehörte allerdings geht eindeutig über den guten Geschmack hinaus, ja es schreit förmlich nach einer kleinen Lektion.

Da trifft es sich, dass ich mein Luftgewehr dabei habe. Ich greife mir das elfenbeinbesetzte Stück von der Rückbank und verlasse den wohligen Komfort meiner klimatisierten Fahrgastzelle, gerade als Hamster Nummer zwei zum Salto ansetzt. Er zerplatzt keine zehn Zentimeter von mir entfernt und verunziert meine neuen *Coletti*-Moonboots aus Eidechsenleder mit unansehnlichem Gedärmkonfetti. Jetzt heißt es schnell sein, damit mir die Göre am Ende nicht noch entkommt. Ich will gerade zum Fangschuss ansetzen, als mir mit einem Mal ein untersetzter Mittfünfziger mit Pepita-Hütchen ins Sichtfeld läuft. Jesus, ein Teilzeitgestörter; wahrscheinlich derselbe, der in der letzten halben Minute wie ein aufgezogener Technojünger auf seiner Hupe herumgehämmert hat.

»Um Himmels Willen, was *machen* Sie da?«, kreischt er, während er mit seinen kurzen Armen aufgeregt vor Kimme und Korn herumwedelt.

»Heißa, der Kinderfreund wird doch nicht etwa die notwendige pädagogische Maßnahme sabotieren wollen?«, durchfährt es mich. Aber meine Sorge ist unbegründet. Der erregte Mitbürger hat anderes im Sinn.

»Wir haben längst *Grün*«, belehrt er mich, wobei sich sein Gesicht bedenklich ins Dunkelrote verfärbt. »Sie müssen weiterfahren!«

Die kurze Ablenkung genügt: Für eine Sekunde nehme ich die Waffe aus dem Anschlag, um den Störenfried mit dieser Jenny-Elvers-Elbertzhagen-Tätowierung einzuschüchtern, die ich seit kurzem unter dem rechten Auge trage. Als ich mich wieder dem Balkon zuwende, muss ich erkennen, dass er verlassen daliegt. Das ist Jagdpech!

Ich feuere trotzdem eine kurze Salve ab. Denn ist nicht manch flüchtendes Wild schon am Hintergeläuf getroffen worden, während es sich bereits in der vermeintlichen Sicherheit des Dickichts wähnte?!

Soweit, so unbefriedigend. Zeit das Weite zu suchen. Dieses Unterfangen allerdings weiß der Rentner zu erschweren, dessen ausladendes Gesäß mir plötzlich den Zutritt zu meinem Wagen verwehrt. Ich kann nur erahnen, was diesen Geisteskranken umtreibt – vielleicht wird er zu einer dringenden Bypass-Operation erwartet – auf jeden Fall ist es unübersehbar, dass er sich anschickt, den mir vorbehaltenen Platz am Steuer einzunehmen. Will mein Gefährt wahrscheinlich an den Randstein fahren, der Schelm. Aber da hat er die Rechung ohne meine Van-Damme-Videos gemacht.

Nachdem ich die Flinte kurzerhand an den Radkasten gelehnt habe, packe ich ihn – wie bereits hundertmal vorm Bildschirm geübt – im Genick, rutsche allerdings an einem kürbisgroßen Kropf ab, dessen Konsistenz auf unschöne Weise an die Innereien der eben dahingeschiedenen Pelztiere erinnert. Na warte, Bursche, dann eben im zweiten Anlauf! Ich setze noch einmal an, diesmal mit beiden Händen, stemme dem Frevler meinen rechten Fuß in den Bereich zwischen künstlichem Hüftgelenk und Anus praeter, und schwupp: Schon habe ich ihn!

Während ich ihn an seinem ausgedünnten Skalp (das Pepita-Hütchen ist längst vom Straßendreck assimiliert worden) zu seinem eigenen Fahrzeug zurückschleife, dringt neuerliches Hupen und erregtes Geschrei an mein Ohr. Ich kümmere mich nicht darum. Sollen sie Lärm schlagen – ich habe einen gesellschaftlichen Auftrag zu erfüllen. Auch im fortgeschrittenen Alter kann noch dazugelernt werden. Demgemäß erlaube ich mir, die Strafmaßnahme mit einem Vers von Rilke zu begleiten: »Willst du an Blut und Beulen sparen / geh niemals an des Nachbars Karren.«

Zugegeben, der Reim ist an den Rändern ein wenig lappig, aber die Botschaft, die so genannte *message*, kommt an. Der Rentner jedenfalls, den ich mittlerweile der Motorhaube seines *Ascona Automatik* überantwortet habe, wirkt schon viel umgänglicher. Mit verklärtem Gesichtsausdruck bietet er mir seine Brieftasche an.

»Nehmen Sie nur, nehmen Sie ...«, flötet er, ölig wie das Essbesteck einer Bohrinselkantine.

So viel unerwartete Großzügigkeit stimmt mich nun meinerseits milde, weshalb ich mich entschließe, dem Geläuterten noch einen letzten Gruß mitzugeben – ein Geleitwort für die zwei oder drei verbliebenen Zentimeter seines holprigen Lebensweges gewissermaßen.

Gerade will ich ihm unter Zuhilfenahme meines Wohnungsschlüssels die Zeile *Keep on truckin'!* in die Tür ritzen, als mich aus heiterem Himmel weiteres Ungemach heimsucht.

Seine Vorboten erscheinen in Gestalt künstlich verlängerter Fingernägel, die sich schmerzhaft in mein rechtes Schulterblatt bohren.

Als ich den Kopf wende, um dem Zombie, dem diese Grabesklauen naturgemäß gehören müssen, mit christlicher Rechtschaffenheit die Stirn zu bieten, blicke ich in ein grobschlächtiges, weibliches Gesicht, dessen wulstiges Kinn merkwürdigerweise ein kleines, in der Sonne glitzerndes Projektil beherbergt.

Heiland, was soll das nun wieder vorstellen? Einen aktuellen Modetrend? Eine neue Einnahmequelle unserer findigen Piercing-Industrie?

Ich habe wenig Muße, über diese Frage nachzudenken, da die Untote umgehend ihr von satanischen Säften ruiniertes Sprechinstrument aktiviert.

»Waren Sie das?«, keift sie, den gichtigen Zeigefinger unter die im Fett schimmernde Patrone geklemmt.

Natürlich war ich das. Ich werde doch noch meine eigene Munition erkennen! Aber das behalte ich hübsch für mich.

»Madame, wo denken Sie hin. Ich bin Legastheniker. Mein Freund hier allerdings ist ein wahrer Meister am Kleinkaliber.«

Hilfe suchend wende ich mich um, aber der Rentner ist nicht mehr da. Offensichtlich hat er die Gunst des Augenblicks genutzt und sich davongeschlichen. Soviel zum Thema Nächstenliebe.

Ich entdecke den renitenten Wiederholungstäter schließlich am Heck meines Golf *Gunther Gabriel*, wo er in einer beispiellosen, durch keine noch so große narzisstische Kränkung gerechtfertigten Vergeltungsaktion die Verglasung meiner Rückscheinwerfer eintritt. Was nun? Soll ich den Schlingel wieder einfangen – auf die Gefahr hin, meiner Gesprächspartnerin jedweden menschlichen Respekt zu verweigern? Oder soll ich mich weiterhin in weltgewandter Konversation üben?

Dankbarerweise wird mir die Entscheidung abgenommen, da sich die Trümmerfrau urplötzlich in meiner linken Wange verbeißt. Natürlich versuche ich Gegenwehr zu leisten, zumindest im Rahmen dessen, was ich damals in der Tanzschule Häusler/Kwiatkowski gelernt habe. Aber die Jacketkronen der Hausmutter sind qualitativ hochwertig und so muss ich hilflos mit ansehen, wie auch der *Restglasbestand* meines PKWs zu Rollsplitt verarbeitet wird.

Als endlich die Staatsmacht auf dem Plan erscheint, bin ich fast dankbar. Natürlich will ich um Hilfe schreien, mein Recht als Steuerzahler einklagen. Aber die renitente Dampfwalze kommt mir zuvor.

»Dieser Mann hier hat mich mit einer Schusswaffe verletzt«, bellt sie, woraufhin mich einer der beiden eingetroffenen Sheriffs, ein Bodybuilder, der eindeutig zuviel *Tosca* benutzt, mit hartem Griff in den Schwitzkasten nimmt.

Der Rentner, der unterdessen zu uns herübergeschlurft ist, leistet der voreiligen Anschuldigung unerbetene Schützenhilfe.

»Mir hat er eine obszöne Botschaft in den Lack geritzt«, krächzt er durch sein verrostetes Kehlkopfmikrofon. »Das ist ein ganz Ausgekochter, den müssen Sie gleich in die Sicherheitsverwahrung stecken.«

Fehlt eigentlich nur noch das Hamster mordende Mädchen, um den Kreis meiner Ankläger komplett zu machen.

Aber was rede ich denn: Da ist sie ja schon! Deutlich kann ich durch den schmalen Sehschlitz, den mir die uniformierte Armbeuge noch lässt, zwei sich nähernde, lustig wippende Zöpfe erkennen. Dann ist eine glockenhelle Stimme zu hören.

»Der Onkel da«, zwitschert sie, »der Onkel da wollte mir für zwanzig Euro *Crystal Meth* verkaufen.«

Das ist mein Todesurteil; eine Aussage, die die umgehende Durchsuchung meines Wagens zur Folge hat.

Drogen bringt diese Aktion zwar nicht zutage, glücklicherweise ist auch mein Verbandskasten tipptopp, aber beim Beleuchtungscheck treten unübersehbare Mängel auf; ja um genau zu sein, versagt von allen vorgeschriebenen Funktionen jede einzelne.

Da ist es nur konsequent, dass die Ordnungsmacht eine sofortige Stilllegung des Fahrzeugs anordnet. Alles Weitere, so wird mir mitgeteilt, werde man in Ruhe auf dem nächsten Revier besprechen. Das klingt höchst unappetitlich, nach Anwälten und Gerichtsverfahren. Und so darf es nicht verwundern, dass ich, während mich ein schmucker grün-weißer Opel aus der Arena kutschiert, bereits darüber nachdenke, ob der deutsche Strafvollzug für Nachtmenschen wie mich eigentlich gesonderte Weckzeiten bereithält.

Sollte man allerdings noch einmal Gnade vor Recht walten und mich mit Arbeitsstunden davonkommen lassen, werde ich nicht zögern, als Ort der Buße einen Kinderhort vorzuschlagen.

Straight outta Schweinekoben

Ein aufmerksamer Späher an der unsichtbaren Front fühlte sich unlängst bemüßigt, mir die ebenso unerquickliche wie bizarre Nachricht zu übermitteln, dass in der Samtgemeinde Dessau eine Hip-Hop-Formation herumkrauchen würde, deren erklärtes Ziel es sei, rechtsradikales Gedankengut zu transportieren. Yo, Sieg Heil, Nigger, da sind gewiss Texte zu erwarten, die die Kluft zwischen den Generationen zumindest kurzfristig überwinden helfen: »*Wir Herrenmenschen chillen gerne / singen dazu und geh'n Laterne / doch immer wenn's am schönsten ist / wenn Rico grad' mein Spundloch küsst / ruft's von oben: ›Heim ins Reich!‹ / Rico weint, mein Schwanz wird weich / ›Wart noch, Mutti, komme gleich!‹*«

Uns ehemaligen Berufsjugendlichen, die wir dem heimischen Sprechgesang spätestens seit dem Auftauchen der Hotzenplotz-Darsteller um den Mummenschanzfetischisten *Sido* (Meine Wohnung, mein Block, meine Bettnässer-Selbsthilfegruppe) einen kräftigen Tritt in die übervolle Blase verabreicht haben, treibt diese neue Metastase im Fäulnisbeschleuniger Showgeschäft natürlich nur ein altersmildes Lächeln ins Gesicht, bevor wir den geistesschwachen Irrlichtern gemeinsam mit dem größten aller lebenden Freestyler, mit Herbert Wehner also, zurufen: »Deutschland von der Karte streichen, Frankreich muss bis Polen reichen!«

+ + + Feldpost + + +

Einer mittelmäßigen Schülerband gleich sei es mir ausnahmsweise erlaubt, ein paar Freunde und Wegbegleiter zu grüßen. Wohlan! Mit Kratzfuß verneige ich mich vor: Addi, Roland Adelmann, Abo Alsleben, Anja und Klaus, Annett, Anne Tanke und Pistole, Ari Safari, Sven Augstein vom Conny-Wessmann-Haus, Ausma und Paddy, Nadine Barth, Bdolf, Claudia Belli, Karin Beneken, Biggi, Michel Birbaek, Klaus Bittermann, den Leuten vom Black Fleck, Bastian Böttcher, Ralf Born, Katinka Buddenkotte, Matthias Burki, Henning Chadde, Charlotte und Thomas von der Sprechstation, DJ Click, Concha und Frank aus Heidelberg, Christoph aus Glückstadt, Franz Dobler, Alex Dreppec, Michael Ebeling, Marcus Eek, Eildert, Elmi, Evie und Clemens, Kersten Flenter, Flore, Fred, Henrik Freiberg, Jenz vom Inside Artzine, Jess Jochimsen, Jule, meiner Netzelfe Julia, Sabine Gaul, Oliver Gausmann, Andreas Gläser, Dirko Göbel, Christian Göttner, Katrin Götze, Pamela Granderath, Grindi, Philip Grözinger, Guido aus Trier, Etrit Hasler, Heinrich aus Nünchritz, Falko Hennig, Helle, Tim Hespen, Stefan Heuer, Uta Heuser, Tobi Hoffmann, Hogi, Lee Hollis, Elke Holzenkämpfer, Kais Hussein, Anja Ibsch, Karin und Nele, Katharina, Kathi S., Susanne Kauper-Gilio, Boris Kerenski, Tobi Kirsch, Axel Klingenberg, Tuberkel Knuppertz, Koby, Achim Koll, Jaromir Konecny, Hartmut El Kurdi, Daniela Lindemann, Conny Lösch, Maresa und Petra, Mandy, Hubert Märkl, Christof Meueler, Meike und Alex, Murksi, Nina, Olschke, Oliver Obnoxious, Marion und Knut, Martin Plan, Jürgen Ploog, Andreas Reiffer, Rudi, Ingo Rüdiger, Antje Ryssel, Frank Schäfer, Philipp Schiemann, Michael Schönauer, Dagmar Schönleber, Schudy, Ulrich Schwanke, Sebastian vom Shake-YourTrees, Silvia, Steffen, Stephanie und Tim, Siggi Stern, Etta Streicher, Maria Stoppe, Volly Tanner, Tibor, Trixi, Hasso Ücker,

Karen Ulber, Ulrike, Sascha Verlan, Veronique, Lars Wickinger, Frank Willmann, Christoph Willms, Markus Wilmsmann, Wolti, Ken Yamamoto, Crissie Zimmer, Andie Z.

Ohne euch, Herrschaften, wäre alles nichts.

All meine Liebe meiner Frau und meinen beiden Kindern. Meine Empfehlungen an den Rest meiner weitverzweigten Familie.

Foto: Ivo Schweikhart, www.eavo.de

+ + + Jan Off + + +

geb. 1967 in Braunschweig; 1986 Schulabschluss und Heirat; 1987 Zivildienst und Scheidung; danach Politologie in Münster, Sozialwesen in Braunschweig, Mathematik und Strahlenphysik in Kiew; 1994 Schreiben und Jobben; ab 1998 Schreiben und Vorlesen; 1999 Umzug nach Leipzig; 2003 Umzug nach Braunschweig; 2004 Umzug nach Darmstadt.

Zuletzt erschienen sind die Romane *Ausschuss* (Stuttgart, 2003), *Vorkriegsjugend* (Mainz, 2003) und *Weißwasser* (gemeinsam mit Antje Herden, Wolfenbüttel, 2006).

www.jan-off.de

+ + + Jan Off bei Ventil + + +

»Vorkriegsjugend«
200 Gramm Punkrock

Goldene Tage waren das zu Beginn der 80er, als gefärbte Haare und zerrissene Klamotten bei Eltern, Lehrern und deinem Gegenüber in der Straßenbahn noch echte Empörung auszulösen vermochten.

Eine Zukunft sollte es nicht geben — das hatten zumindest die Großmächte versprochen. Wozu also die knappe Zeit mit einer Berufsausbildung vergeuden?! War es nicht wesentlich sinnstiftender, das ungeheure Angebot an Rauschmitteln zu verkosten, dabei weitere Nieten in die Lederjacke zu schrauben und die Regler der Anlage hochzureißen, damit auch die Nachbarn den neuen »Soundtrack zum Untergang« genießen konnten?

Der Roman »Vorkriegsjugend« würdigt eine Dekade, die so furchtbar gern kalt sein wollte, sich im Vergleich zum nachfolgenden Jahrzehnt aber als echter Ponyhof präsentierte.

160 Seiten / ISBN 3-930559-88-9

Die CD zum Buch:
»Jan Off liest aus Vorkriegsjugend«
ca. 70 Minuten
ISBN 3-931555-96-8

»Hanoi Hooligans«

Bizarre Kurzgeschichten und Gedichte, in denen Jan Off gnadenlos unappetitlich, aber immer höflich, eine ganze Batterie von hoffnungsvollen Verlierern und guterzogenen Irren aufführt.

144 Seiten / ISBN 3-930559-80-3

+ + + außerdem bei Ventil + + +

112 Seiten
Broschur
ISBN 9783931555733

Lee Hollis
»Strategy for Victory«
Short Stories

The Master of Spoken Punk Rock strikes back!

Ob großmäulige Wrestler aus der Nachbarschaft, das selbstmörderische Treiben der Stöckchenschnitzer in Alabama, die Gefahren eines Nachtbarjobs in Saarbrücken oder die absolut irrwitzigen sexuellen Vorlieben einer fragwürdigen G.I.-Bekanntschaft - der Spermbirds- und Steakknife-Frontmann Lee Hollis steigt erneut in den Ring und erzählt pointiert Geschichten aus seinem Leben ... oder solche, die aus seinem Leben stammen könnten.

Mit einem Vorwort von Nagel.

240 Seiten
Broschur
ISBN 9783931555801

Nagel
»Wo die wilden Maden graben«
Roman

Nach mehr als einem Jahrzehnt Tourleben mit seiner Band Muff Potter legt Sänger Nagel mit »Wo die wilden Maden graben« sein Romandebüt vor.

Der Protagonist kehrt nach einer ausgedehnten Konzerttournee nach Hause in einen unstrukturierten Alltag zurück. Die sozialen Kontakte außerhalb des Bandgefüges sind verkümmert, das Leben in der Heimatstadt gleicht einer permanenten Ausnahmesituation: Alltag, das ist das Leben auf Tour. Voller Leerlauf und vertaner Zeit, monoton und kräftezehrend, doch gleichzeitig auch glamourös und aufputschend.

»Ein toll geschriebenes Stück Social-Beat-Literatur über Jugend, Liebe, miese Jobs und Musik ...; ein Buch der Sorte, die man ständig zitieren will.« (Visions)

128 Seiten
Broschur
ISBN 393055996X

Jaromir Konecny
»Das traurige Ende des Märchenkönigs und andere Sexgeschichten«

Konecnys Geschichten sind rasant geschrieben, fesselnd, voller Humor, aber auch melancholisch und hintergründig. Der bittere Witz seiner Prosa entsteht im Niemandsland zwischen den Ländern, Geschlechtern und Identitäten und hilft, unsere gewohnte ›deutsche Ordnung‹ infrage zu stellen.

»... die Zeit rinnt mir davon! Ich versuche jede Sekunde zurückzuhalten, aber sie sind flink, die Viecher, die Sekunden, wie Eidechsen sind sie flink. Sie rutschen mir zwischen den Fingern durch, und wenn ich es hin und wieder schaffe, fester zuzupacken, bleibt nur ihr Schwanz in meiner Hand hängen.«

208 Seiten
Hardcover
ISBN 3931555828

Alexander Wall
»Hotel Monopol«
Roman

Ein Café in einer norddeutschen Großstadt. Doch es handelt sich nicht um ein gewöhnliches Café, in dem Schüler vormittags ihre Stunden schwänzen. Inmitten des Rotlichtmilieus gelegen, zieht es all die enthemmten, verrückten und manchmal auch gefährlichen Gestalten aus der Nachbarschaft an. Sie greifen in das Leben des Betreibers ein, als ob es ihr eigenes wäre.

»Hotel Monopol« ist direkter als andere Kneipenromane und häufig so schmutzig wie seine Umgebung. Mal witzig, mal erotisch, aber immer überraschend verlaufen die großen und kleinen Geschichten, die Alexander Wall zu einem großen, nicht mehr ganz fleckenlosen Teppich verwebt.